続・白夜
間質性肺炎との共生

最新医療でつかんだ奇跡の生

大和田道雄
Owada Michio

風媒社

目次

はじめに

この本は、二〇〇五年に間質性肺炎を発症し、余命二か月を宣告されたにもかかわらず奇跡的に生き延びてきた患者の立場からの「白夜　間質性肺炎との共生」闘病記（風媒社）の第二弾である。

しかし、生き延びてはきたもののその後アンカ関連血管炎に伴う胆のう摘出手術、腎機能悪化による入院、不整脈によるカテーテル手術、心筋梗塞によるバイパス手術を受けてきた。

これは、毛細血管に血が行き渡らないことによるものである。さらに二〇二一年には肺胞出血による呼吸不全に陥り、生きることをあきらめたが、公立陶生病院の最新医療によって一命を取り留めた。

あと数年生きられるか分からないが、公立陶生病院の近藤康博副院長、主治医の山野泰彦部長、および多くの看護師を始めとする医療関係者に感謝し、同じ病気を患う人たちの励みとして生き続けることが使命だと考えている。

アンカ関連血管炎で再入院

最初に特発性間質性肺炎で公立陶生病院に入院したのは、愛知万博が開催された二〇〇五年の四月である。しかし、呼吸困難の症状が出始めたのは二〇〇〇年の春頃からである。

当時はその原因があまり知られていなかった病名であり、近くの病院での診察結果は気管支喘息であった。

それから抗生物質を三年間も飲まされ続けたが、さらに呼吸困難な状態が続き、咳と痰で夜も眠られないほど症状が悪化した。

したがって、喘息との診断に疑義を感じざるを得なくなり、セカンドオピニオンとして呼吸器科として名高い瀬戸の公立陶生病院に転院することを決意したのである。

『白夜・間質性肺炎との共生』

そこで驚愕の診察結果が示された。転院した初日に「特発性間質性肺炎」と診断され、余命二か月であることを告げられたのである。

症状としては肺の三分の一が壊死し、残りの肺も蜂の巣状で真っ白だった。その時は、その現実を受け入れられず、他人事のように聴いていた。

しかし、奇跡的に生き延びることができたのは、当時、公立陶生病院呼吸器内科で名高い主治医との出会いのおかげであるが、まさに運が良かったとしか言いようがない。

四か月の入院後、退院してから一〇年間生き延びることができたことに感謝し、同じ患者の支えになればとの想いから、二〇一五年に闘病記『白夜　余命二か月間質性肺炎との共生』を地元の出版社（風媒社）から発刊した。これは、その続報である。

『白夜　余命二か月間質性肺炎との共生』は、発刊してから現在でも多くの患者と家族の方々に読まれている。

特発性間質性を発症してから一八年、奇跡的にここまで生き延びることができたのであるが、二〇二一年の年が明けた元旦の朝になって突然、呼吸困難に陥って緊急搬送される羽目になった。

二〇〇五年の退院後は、病気に打ち勝つために基礎トレーニングを日々養ってきたのだが、二〇二〇年の大晦日の夜、突然「痰」に血が混じるようになった。

前日のトレーニングでは何故か息苦しさに苛まれ、年齢的なこともあって疲れが出たくらいの感覚だった。

しかし、痰に血が混ざったことで最初に頭を過ったのは副作用による「肺癌」である。それは、これまで腎臓病によるクレアチニンの数値が高く、ステロイド（プレドニン）による治療を続けていたからである。

以前から、

「長期に渡るステロイドの服用は癌になりやすい」

と医師に告げられたことがあった。

現に、十数年前にはレントゲン撮影で肺癌が疑われ、ＣＴ（コンピューター断層撮影）で再確認したことがあった。その時は癌ではないことが判明し、安堵した経験がある。

これまで定期的な検診では、癌の目安となる腫瘍マーカーの数値は正常で、定期的に行われるレントゲン撮影やＣＴ検査でも指摘されたことがなかった。

したがって、癌に対する認識は半信半疑ではあったのだが、正月が明けてから病院で再検査を受けるつもりでいた。

この地域では、大晦日にすき焼きを食べる習慣があるようで、我が家も妻と近くのスーパーでその準備のための買い物を済ませ、年越し蕎麦も買った。その時はまだ呼吸が苦しいとは感じられなかった。

しかし、大晦日恒例の紅白歌合戦も終盤となり、いよいよ今年も終わりと思った頃、吐血が激しくなった。

やむなく何も食べずにベッドで横になっていたが、朝方にトイレに行こうとして立ち上がれないことに驚いた。

妻が長久手に住む息子に事態を電話連絡し、救急車による搬送を依頼してくれた。元旦の朝早くにサイレンを鳴らして救急車が自宅前に到着した。

しかし、寝室のある二階の廊下には物が多く積まれていたため、救急隊員は担架が使えなかった。二人の隊員に前と後ろから抱えられ、ようやく玄関に辿り着くことができたのである。

妻には常日頃から、

「廊下は歩く所で物を置いてはいけない」

と注意を促していたのだが、聞き入れてはもらえなかった。

このような緊急事態や地震などの災害時には、廊下のスペースが避難通路として生死を分けることがあるからだ。

救急車での搬送中は意識が朦朧としていてあまり記憶にないが、搬送中は呼吸困難で大量の酸素を吸入しながら近くの総合病院に運ばれた。

搬送当時の腎臓病の目安となるクレアチニンは四・一三mg／dlであり、透析が必要な数値であった。

現に、二〇一八年の春にはクレアチニンが三・五mg／dlを上回り、腎臓内科に緊急入院した経緯がある。

近くの病院に搬送された時は、事の深刻さを理解していなかったために体力が回復次第退院できると思っていた。

公立陶生病院

しかし、症状の悪化が激しく、病院側の担当医師からは生き延びるには専門医のいる病院への転院を示唆された。それだけ危機的状況だったのだ。

そこで、間質性肺炎を発症してからこれまで定期的に検診を受けていた瀬戸の公立陶生病院を告げると、四日後に安城から瀬戸の転院先まで救急車を手配してくれた。

公立陶生病院は、二〇〇五年に間質性肺炎で入院して以来、今日まで継続して通院しているが、二〇一八年に現在の新棟に立て替えられた。病院に併設して立体駐車場と平面駐車場があり、平面駐車場には独立した身体障害者用のスペースがある。

公立陶生病院への搬送の際、救急車には二人の救急隊員の他に病院側の医師が息子とともに付き添ってくれた。

その間も酸素飽和度が下がり続け、記憶が薄れていたこともあり、危機的状況の中での搬送であったことを後から知った。

公立陶生病院に到着後は、ＥＲ－ＩＣＵ（緊急集中治療室）に運ばれ、早速、呼吸器が専門の副院長と主治医から治療方法についての説明がなされた。

病名は「アンカ関連血管炎」による肺胞出血である。アンカ（ＡＮＣＡ）とはAnti-Neutrophil Cytoplasmic Antibodies（抗好中球細胞質抗体）の略語である。

自分は顕微鏡的多発血管炎に該当するようだが、これは、数年前に入院を余儀なくされた腎臓病の病名と同じであった。

近藤康博公立陶生病院副院長は日本呼吸器学会呼吸器科の専門医であり、日本内科学会認定内科医でもある。名古屋大学医学部臨床教授を務め、最新医療への挑戦を促してくれた。現在は間質性肺炎中部患者会を立ち上げ、患者の病状に合わせた精神的・肉体的ケアを先導している。

陶生病院副医院長写真

これまで、腎臓病の症状悪化の目安としてクレアチニンの数値ばかりにとらわれてきたが、肺機能も同時進行で悪化していたようである。

アンカ関連血管炎の症状は、腎臓の他に血管炎に伴う肺の出血による息切れや喀血がみられるようになり、肺機能が低下して呼吸困難に陥るようだ。

もともと十数年前に特発性間質性肺炎で入院した時点では、肺組織の三分の一が壊死しており、正常とは言えない状況であった。

しかし、このような肺疾患の持病を抱えながらここまで生き抜いてきたのだ。

したがって、残りの肺が機能しなくなると生き続けることは困難である。

その当時からアンカの数値が高めであることは指摘されていたが、ＡＮＣＡ（アンカ）に対しての知識がなく、気にも留めていなかったのである。

数年前から急激にアンカの数値が高まってきたことは呼吸器系の主治医から告げられていたが、このような事態になるとは予想もしていなかった。

アンカ関連血管炎は、症状が悪化すると死に至る難病である。しかし、その原因は不明であり、難病（四十三）に指定されている。

特に顕微鏡的多発性血管炎は、顕微鏡で観察できる太さの細小動・静脈や毛細血管壁に炎症をおこし、臓器・組織の血管障害や壊死によって臓器機能が損なわれる病気である。

これまで、胆のうの摘出手術や心臓の不整脈によるカテーテル手術、冠動脈のバイパス手術を受けてきたが、これらの症状は血管が細くなって詰まることが原因で、まさにアンカ関連血管炎がもたらす症状であったようだ。

二〇二一年の年明け早々に呼吸困難になったのは、アンカ関連血管炎に伴う肺胞出血と腎炎、さらに間質性肺炎の併発であった。

それとも知らずに搬入後は以前に行った肺洗浄を申しでたのだが、

「そのような状況ではない」

と諭された。それは、肺全体が出血で肺組織が見えないほどであり、肺洗浄ができる状態ではなかったようである。

最新医療への挑戦

これらの血管の炎症を抑えるには、寛解導入療法によるステロイド（プレドニン）を点滴で大量投入する治療しかないようだが、以前、高齢者のパルス療法は危険との知識を得ていたため、再度のパルス療法には否定的だった。

それは、一度はあきらめた命であり、これまで十五年以上も生きられただけでも幸せなことであり、これ以上無理に生き延びようとは思わなかったのである。また、年齢的（当時七六歳）に逝っても早くはない歳であり、同級生の多くは既に他界している。また、同年代の知識人や芸能関係者の訃報が毎日のように報道されていた。

したがって、これも寿命とあきらめたのである。たとえ回復したとしても、肺疾患の患者の多くは酸素ボンベを携行し、車椅子での生活を余儀なくされることになるだろう。

その時は、

もう二度と明るい未来は望めまい　酸素ボンベと車椅子の我

の心境だった。

生き延びたとしても辛いのは本人だけでなく、家族にも多大な迷惑を掛けることになる。したがって、その時点では無理に生き永らえようとは思わなかったのである。

しかし、公立陶生病院の副院長と主治医からは、医療技術も進化しており、最新医療を施せば回復もあり得るとの説明を受けた。

生きるのをあきらめずに最新医療に挑戦するよう勧められたのである。最新医療がこれまでの治療と何が違うのかは理解できなかったが、

「生き延びる確率が少しでもあれば」

との思いで同意することにした。また、生き延びなければならない事情があった。

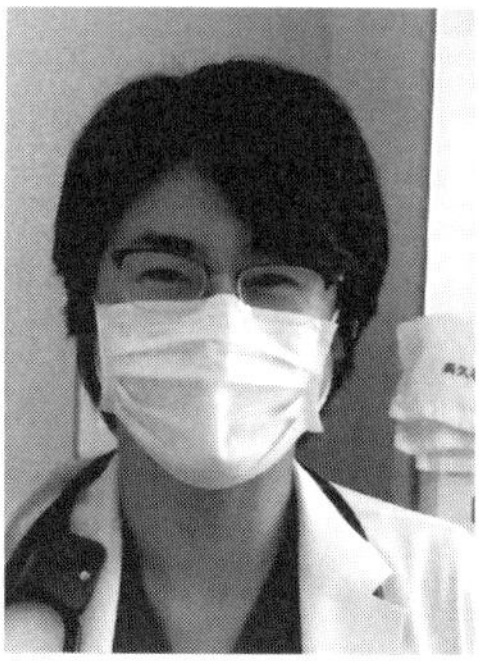
主治医の山野泰彦呼吸器・アレルギー疾患内科部長

主治医の公立陶生病院山野泰彦呼吸器・アレルギー疾患内科部長は、日本呼吸器学会呼吸器専門医であり、日本内科学会認定医でもある。奇跡的に生き延びることができたのは、主治医の完璧な治療方針に基づくものである。まさに命の恩人である。

治療に対して全権委任をしたものの、最新医療での生きる確率が必ずしも高くはないことは想像できた。

そこで、万が一、最悪の事態になったとしても病院側に異議申し立てをしないことを息子に確約し、遺書に近いことを告げたのである。覚悟してのこととはいえ、涙が溢れ出た。

その直後に意識のない状態で人工呼吸器が口から挿管されたようである。息子と妻はその状況を見届けたらしい。

人工呼吸器が挿管されている間は筋肉弛緩剤が打たれ、心臓以外は機能しない状況であったようだ。

人工呼吸器のパイプが挿管されている間は、意識がまったくないわけではなく、ぼんやりと故郷の幼き頃の景色が浮かんできて、過去の夢を見ているようであった。

何故か高校時代に通った故郷の駅や通学列車の車窓から見える景色が繰り返し現れた。

ふるさとの訛りなつかし停車場の　人ごみの中にそを聴きに行く

石川啄木

当時は駅を停車場と呼んでいたことを思い出した。それが何を意味しているのはわからないが、恐らく生死をさまよっていたのであろう。

夢の中では何故か既に亡くなった家族や友人に会えたのだが、現存している人との会話はできなかった。

しかし、既に若くして亡くなった友人と自由に空を飛び回り、故郷の景色を堪能することができたのである。

四日後に人工呼吸器が外されてからは、幻覚症状で病室に亡くなった母や妹、若くして亡くなった友人が代わる代わる現れた。

「もういいじゃないか。そろそろこちらに来たら」

と意識が朦朧とした中で毎日のように誘われてその気になっていた。

病室では危機的状況であったらしく、看護師の大声で名前を叫ぶ声がうるさくて目を覚ました。いわゆるあの世から呼び戻された感じであった。

以前、入院中に隣の病室で看護師が大声で名前を叫んでいるのを聴いたことがあるが、生死をさ迷っているような危篤状態では有効な手段なのであろう。看護師が名前を呼び続けている時の酸素飽和度は大量の酸素吸入にも拘らず、五〇％前後でそのまま他界してもやむをえない危機的な状況であったらしい。当時を振り返る医師や看護師、付き添いの息子の話では、

「生き延びることは不可能」

と誰しもがそう思っていたようだ。

危機的状況打開のため、主治医が生き延びるための手立てを試みる度に、息子が病院に呼び出され、関係書類にサインをして異議申し立てをしないことを確約したようである。

それからは、意識が回復したとはいえ、生きているだけで精一杯の苦しい日々が続いたのである。

当然、身体は全く動かず、顔一面を覆う酸素マスク越しにみえる医師や看護師がおぼろげながら見える程度で、この世とあの世との区別がつかない状況で

あった。

手足が全く動かないにもかかわらず、毎晩の夢の中では歩いている自分がいて、目覚めたときのショックは大きく、

病室で元気に歩く夢目覚め　起きて動かぬ現実を知る

そんな現実逃避を繰り返していた。

そのような状況の中で、医師からは突然、

「もし生き延びることができたら何をしたいですか?」

と問われたが、現状では生きて退院できることなど考えられる状況ではなかったが、奇跡的に退院することができるのであれば、

「医療関係者や患者のために闘病記を書きたい」

そう答えたのである。しかし、その夢のようなことが実現するとは思っては

いなかった。

現実は酸素マスクに加え、首や腕には薬剤の点滴のためのパイプが埋め込まれ、身体は人造人間のような状態であった。

とにかく頭が熱く、喉が渇いて氷がなめたかったが、直接水を飲むことは許されなかった。

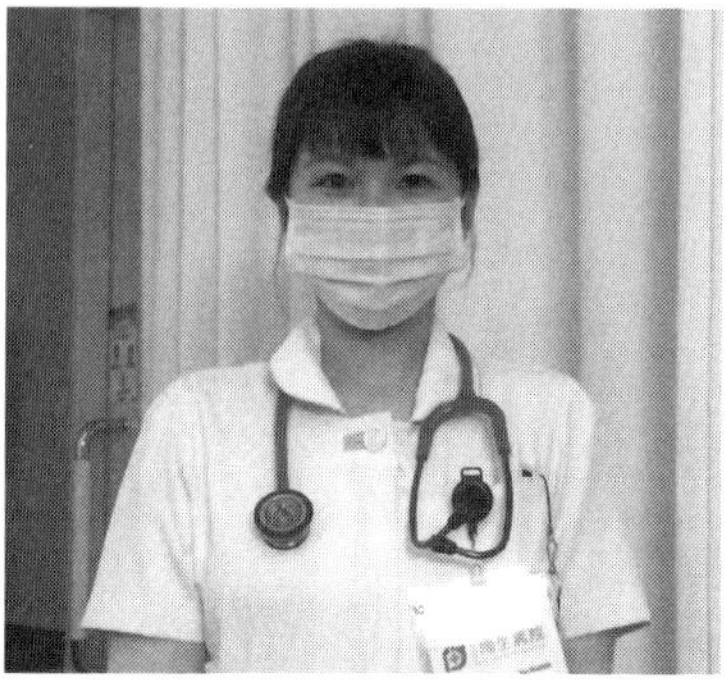

佐藤友香看護師

ＩＣＵでは、数人の看護師が交代で分刻みの看護をしてくれた。担当看護師の顔や名前を覚えるには至らなかったが、大量の酸素吸入に加え、血圧が異常に高い状態が続いていた。

意識が回復して数日後、一人の若い看護師が血圧測定で、

「低く出ますように」

と手を合わせてくれたのには驚いた。その看護師

の何気ない思いやりに涙が溢れ出た。

ＩＣＵで意識朦朧の状態であったが、佐藤由香看護師は血圧が低く出ますようにと手を合わせてくれた。それが嬉しくて生きる励みになった。彼女は重症患者室を経て一般病棟に移ってからも明るく励まし続けてくれた。

ＩＣＵから重症患者室への移動

一週間後、重症筋無力症の状態で手足が動かず植物人間状態であったが、ＩＣＵから重症患者室に移動した。本来であれば一般病棟に移るはずである。

「やはり生きて出られる状態ではないのだ」

そう理解せざるを得なかった。

記憶や意識は定かではないが、酸素濃度は八〇％にも満たない日々が続き、死を覚悟せざるを得ない状況が続いていたのである。

血圧も二〇〇を下回ることはなく、腎臓病の目安であるクレアチニンも三・〇mg／dlを超えていた。まさに危機的状況であった。

当時は意識朦朧であったこともあり、よく覚えてはいないが、訳の分からないことを言って看護師を困らせていたようだ。

病院は、土曜と日曜日が休診のため、担当する看護師の人数が限られていて、看護師がナースコールにすぐに反応できないことが多かった。腕を動かすこともできず、ナースコールのボタンを手に縛り付けてもらったが、押すことさえもままならなかったのである。

そのような厳しい精神不安定な状況の中で、いつも微笑みながら付き添ってくれる看護師がいた。何故か病室にいるだけで心が安らぐのである。

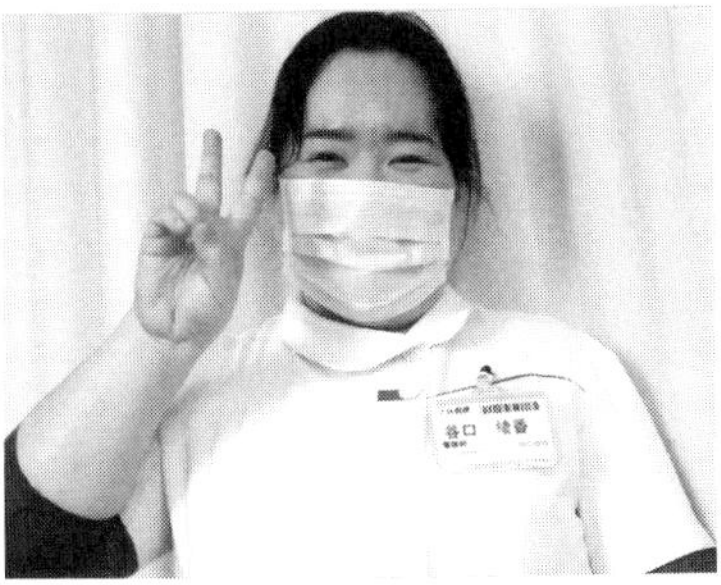

谷口綾香看護師

彼女は、これまで、知識人や財界の患者を看取ってきたという。これらの患者の多くは過去の栄光にすがっていて、患者としての立場を理解しないという。

そのため、医師や看護師の治療へのアドバイスを聞き入れず、早く亡くなることが多かった経験から患者としての心得を説いてくれた。

患者としての心得を説いてくれた谷口綾香看護師。大学では教える立場であったが、彼女の看護師としての経験から学ぶことが多かった。

いわゆる患者としての立場は過去とは関係がないということである。自分は過去の栄光など無縁であるが、とにかく看護師の言うことを素直に受け入れることに専念したのである。

ストレスが和らいだ頃から酸素飽和度が安定し、大量に挿入されていた酸素供給量が徐々に減って呼吸が安定してきた。

顔全体を覆う酸素マスクが外され、鼻からだけの酸素吸入に換わった時は嬉しかった。しかし、酸素マスクは外されたものの、口からの食べ物や飲み物は飲み込むことができず、また味を感じることはなかった。

呑み込みができなかったのは、口の中が口内炎で真っ白でカビが生えているようになり、舌の感覚も麻痺していたからである。

いわゆる味覚障害である。舌が壊死しているかと思えたが、口内担当の医師は時間とともに回復するとの診断であった。しかし、入院中は症状が改善されないまま味覚障害が治ることはなかった。

味覚障害になった理由は明らかではないが、今回の人工呼吸器の挿管によって口内が麻痺したのかも知れないと思えた。

息子に頼んで病室に大好きな金柑やミニトマトを差し入れてもらったのだが、味を感じることはなかった。

ただ、緊急搬送される前日の大晦日に食べたお歳暮の干し柿の味が忘れられなかった。

「あの時、もっと食べておけばよかった」

などと悔やんだが、今となっては遅いのである。

「生きているよりも死んだ方がまし」

如何にして死ぬことばかりを考える

生かしてくれた　恩まで忘れ

の心境で惨めな気持ちになり、生きていることに感謝する気持ちも失せていた。

心を癒すガリガリ君

それでも冷たい飲み物や氷水、アイスシャーベットは感覚があって、息子が毎日差し入れてくれた氷のキャンディー「ガリガリ君」だけは美味しいと感じることができたのである。

味覚障害で何も味を感じることはなかったが、ガリガリ君のソーダ味だけは美味しいと思えたのである。

数日間食べ続けたのだが、当たり棒は一度もなかった。

これには副院長や主治医も許可してくれ、数日はガリガリ君で食べられない苦しさを癒すことができたのである。

したがって、生きるための栄養は、一日三度のパイ

「ガリガリ君」

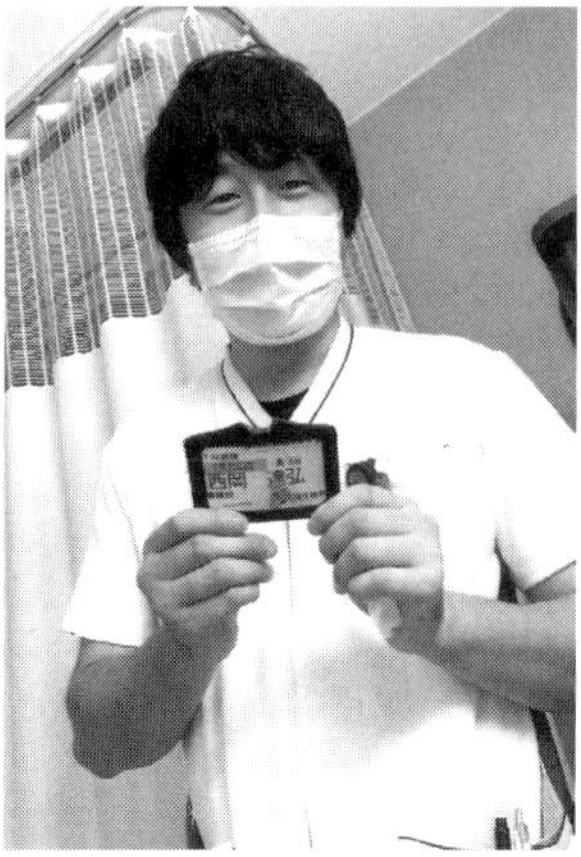
西岡達弘看護師

プによる流動食に頼る日々であったが、手足が動かないために三度の食事は看護師がスプーンで食べさせてくれた。

ベッドでは徐々に身体が足元に移動し、定期的に枕もとの位置まで戻さなければならないが、自分では無理である。そんな時は屈強な男性看護師が数人いて、毎日数回身体を持ち上げて移動させせてくれた。

西岡達弘看護師は、入院当時から動かない身体を持ち上げて深夜でも寝返りをさせてくれた。半年間の寝た切りにも拘らず、床擦れもなく退院できたのは彼のおかげである。

数年前、日本赤十字看護大学で健康気象学を講義した際、多くの女子学生に数人の男子学生が含まれているのに驚いたことがある。看護師は女性という先入観があったからである。しかし、今回の入院生活でいかに男性看護師が現場で必要とされているかが理解できた。

夜になると決まった時間に「痰」が喉に詰まった。パイプで吸引してもらうのだが、喉の詰まりは収まらず、呼吸困難になって眠ることができなかった。ただ、窒息死だけは避けたかった。それは、北海道の叔父が入院中に痰が詰まって窒息死したことを聞かされていたからである。

当然、歯も自分では磨けず、全て看護師に委ねるような毎日で、寝付かれない夜も多かった。このままでは、

「一生寝たきりで終わるのかも知れない」

不安と落胆で、生きることよりも死ぬことばかり考えていた。いわゆる自暴自棄になっていたのである。

そのような気持ちを察してか、幾度となく副院長をはじめ主治医が励ましてくれた。さらに、看護師の日夜に亘る親身な介護が生きる気力を取り戻してくれた。

しかし、その時点でも、

「この患者は生きて病院を出られる確率は低い」

と看護師は思っていたようである。それは、重症患者室の患者の多くはこのまま息を引き取ることが多いからだ。

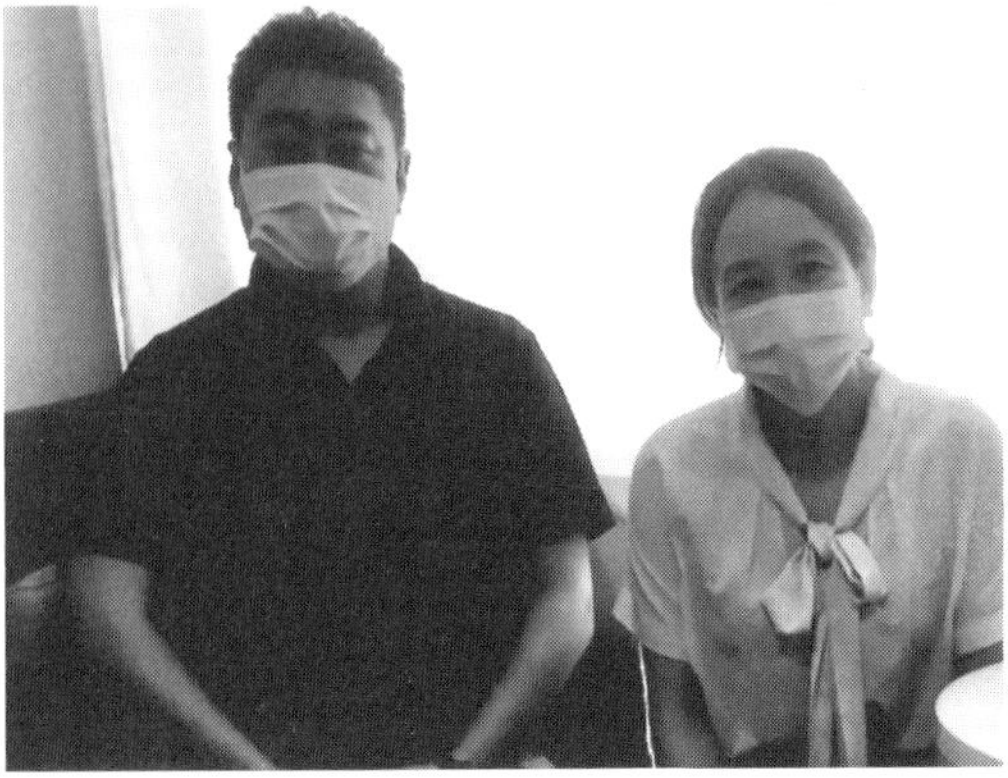
息子夫婦

しかし、忙しい仕事の合間に病室に通う息子や心配してくれる妻や孫のことを考えると、病気を回復することが恩返しと思え、気を取り直して生きる方向に気持ちをシフトしたのである。

危機的状況の中で、息子は幾度も病院に足を運び、担当医師と相談しながら生きる術を相談していたようだ。息子と嫁、孫の励ましがなければ生きるのをあきらめていただろう。息子の嫁は大学、大学院の教え子である。

全身の浮腫《むく》みと人工透析

それでも、身体は風船を膨らませたように腫れあがり、手足は自分の身体とは思えないほど浮腫んで動かなかった。

それだけではない血管が細いために看護師が。採血に失敗し、その時ばかりはいつもはやさしい看護師が鬼に見えたのである。

静脈からの採血は看護師が行うのであるが、動脈は医師が担当するようである。これはかなりの痛みを伴うもので、新人の医師が失敗する度に場所を変え、最終的には股間の動脈からの採血となる。

したがって、アンカ関連血管炎の症状として血管が細くなっていることもあり、二日に一度の採血は苦痛であった。

ある朝、身体の震えが止まらず低血糖の症状かと思いきや感染症が疑われた。

その結果、多くの薬剤が点滴によって注入され、これまで以上に身体が動かなくなった。

さらに、一月の終わり頃には透析が開始されたのである。透析とは人工透析と呼ぶのが正しいようである。

腎臓の機能を人工的に代替することで、血液中の老廃物の除去、電解質の維持、および水分量の維持を行う医療行為であり、ベッドに寝たきりの状態で透析室に運ばれた。

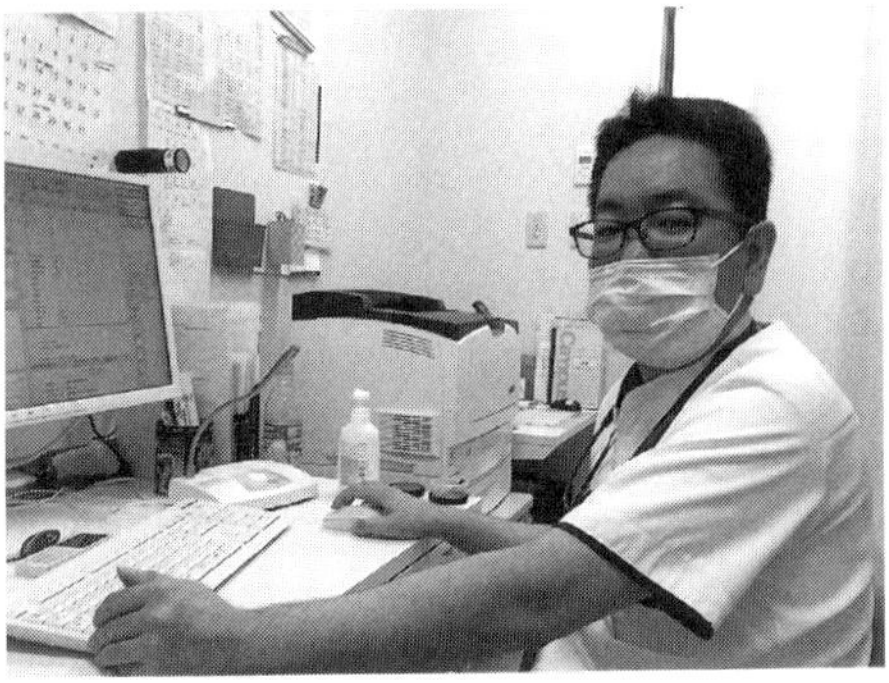

長屋啓腎臓内科部長

透析は初めての経験である。一回の透析で三時間余りを要することから、身動きのできない状況で長い時間を耐え抜くことを強いられた。

長屋啓腎臓内科部長は、日本内科学会総合内科専門医であり、日本腎臓学会腎臓専門医であることから、アンカ関連血管炎の症状悪化を懸念し、現在でも透析を前提とした治療にあたってくれている。

最初の透析中に腹痛となり、死ぬほどの痛みに襲われた。余りの痛さに、

「死んだ方が楽だから殺してくれ」

と嘆願したことがある。

腎臓内科の担当医師が痛みを抑える薬を処方してくれたのだが、激しい痛みが治まることはなかった。それからは、毎晩のように痛みとの闘いで眠れない夜が続いた。

痛みの原因は便秘ではないかということで、看護師が座薬を肛門から入れてくれた。胃腸の働きが弱かったのだろう。

痛みは治まったが、胃腸の働きが活発となり、毎晩下痢による「おむつ」の頻繁な交換でゆっくりと眠れる状況にはならなかった。

透析は、火曜、木曜、土曜日の週三回である。しかし、体調が回復するどこ

ろか透析の回数を重ねる度に身体の自由が利かなくなってきた。さらに、声も出なくなったのである。

したがって、ベッドで寝ながら手を上下左右に動かすこともままならず、スマートフォンの操作もできなくなった。まさに、寝た切りの状態が酷くなる一方であった。

透析は二月の中旬まで続いたが、持病の腎臓病の目安であるクレアチニンの数値が大幅に改善されたことは事実である。

しかし、一般的に透析の患者は、高齢者ほど寿命も短くなるようである。したがって、今回の入院で心肺機能が回復したとしても、腎臓病の患者としては長くは生きられないことを悟ったのである。

栄養剤の注入

二月に入り、酸素飽和度が徐々に回復してきたため、一般病棟に移ることになった。いわゆる重症患者からの脱却である。

血液中の酸素飽和度を計るパルスオキシメーターの数値も九八%前後まで回復し、普通の人の酸素濃度になった。まさに奇跡的な回復であり、最新医療の成果に感謝したのである。

しかし、一般病室移ってからも浮腫みが解消されたわけではなく、手足の動かない状態が続いていた。特に右手と右脚は膨れ上がり、全く感覚がなかった。

採血の結果、栄養が十分ではないとの判断で鼻から胃にパイプ管が挿入されたため、栄養剤や薬剤は直接注入することができたのだが、食べ物を飲み込むのが更に難しくなった。

栄養剤は三回の食事の前に注入するのだが、一回に一時間半以上の時間を要する。その間は身動きが取れないだけでなく、栄養剤の注入が始まると胃腸が刺激されて便意を催すのである。

味覚障害で口からの食事では栄養が十分でなく、鼻から胃までのパイプを埋め込み、朝、

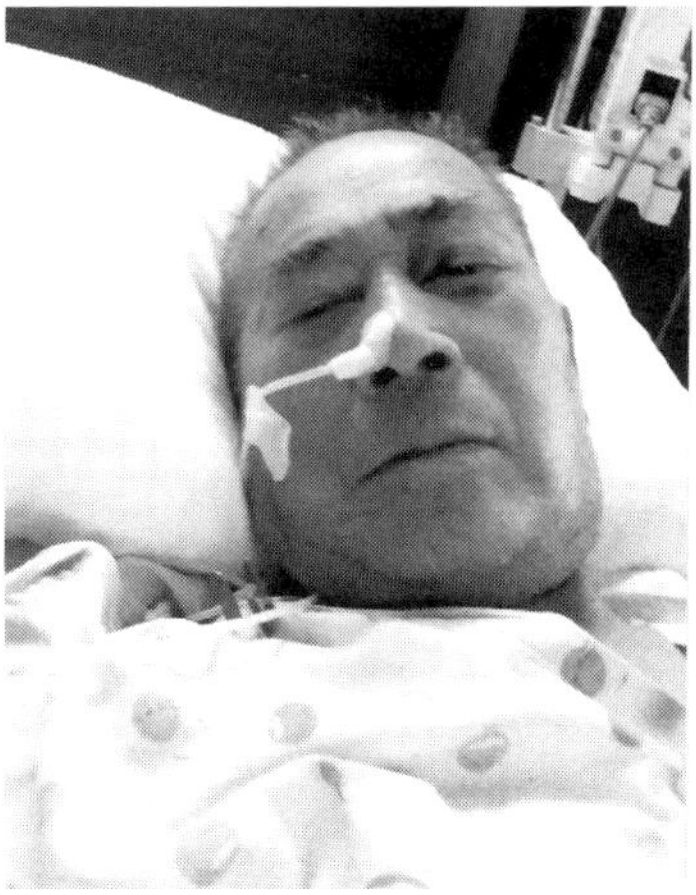

鼻から栄養剤を注入

昼、夜食ごとに栄養剤が注入された。

排便は寝たきりの状態では「おしめ」である。幾度もおしめの買い足しが必要だった。おしめの処理は看護師にお願いするのだが、回数が多くなると気が引けてナースコールのボタンを押すことをためらい、そのまま放置してしまうのだ。

しかし、翌朝の九時になると寝たきりの患者は看護師の身体拭作業があり、排便が確認されて注意されることが多かった。これは、肛門からの感染症を恐れてのことだった。

その当時、看護師から、

「今何をしたいですか」

の問いかけに、

「ベッドから歩いてトイレに行き、ウォシュレットを使いたい」

と伝えたのである。

看護師は、それを紙に書いて枕もとに貼ってくれたのだが、そんな日が来ることは期待していなかっただけでなく、できる訳がないと確信できるほど手足は動かず植物人間状態だった。

入院してから三か月を経過しても味覚障害は回復の兆しがなく、

「このまま食べ物の味を感じない生活を送ることになるのか」

酒や煙草も飲まない自分にとって、美味しく食べることが唯一つの楽しみだった。
それが失われる人生ならば生きていてもしかたがないと思えるようになり、死んだ方がマシと思えるようになった。

死ね死ねと己を怒りも出したる　心の底の暗き虚しさ

石川啄木

まさに啄木の心境である。

トロミ地獄

看護師が食べ物を一口ずつスプーンで運び込んでくれるのだが、味覚だけでなく食べ物が口内のどこにあるかの感覚もなく、飲み込むタイミングも得られないのである。

さらに、鼻から喉へのパイプが挿入されているため、呑み込み時に違和感を覚え、食事は辛かった。呑み込みが失敗すると、食べ物が誤って肺に入る危険性が高くなる。

その結果、呑み込みが容易ではないとの判断から、言語聴覚士による指導で「とろみ」が多く使われた。

とろみは、食べ物を飲み込みやすくするための増粘多糖類である。いわゆる高齢者に多い誤嚥性肺炎になるのを防ぐものである。

誤嚥性肺炎は、急激に肺が壊死し、呼吸困難となって数日間に亡くなることが多い肺疾患である。

数年前には、高齢の母親が突然誤嚥性肺炎で亡くなった。入院中に入れ歯をなくし、看護師が矢継ぎ早に入れる食事を急いで飲み込んだことが原因のようである。

トロミがかけられた食事は味気がなく、吐き気を催すほどで、三度の食事が「虐待」と感じるほど辛かった。

しかし、高齢者で呑み込みが自由でないわが身としては、トロミが必要であるとの認識はあるが、おかずの種類に関係なく大量のトロミが使われていることに違和感を覚えた。

特に、獅子唐の刻んだ粘々のサラダや長芋にも使われていて、飲み込むための役割を逸脱した感じであった。

当然、食事の度に飲むお茶にも大量のトロミが入れられた。トロミ地獄の毎日は入院生活で最も辛く感じられたが、三月の初旬には鼻からのパイプが外された。ようやく普通の人間に戻ったような気がして嬉しかった。

パイプが外されたものの、

「寝た切りのトロミ地獄から早く抜け出したい」

との思いから、看護師の見守りなしにベッドから簡易トイレに移ろうとして床に落ちたことがある。

誰も見ていなかったこともあり、医師が駆け付けて診察を受け、ＣＴ撮影室に運ばれた。さらに頭を打っているとの可能性も拭えないとのことで、電磁波によるＭＲＩ検査も受けることになった。

幸い異常は認められなかったものの、枕もとの患者氏名のカードには危険人物の赤リンゴのシールが張られ、退院まで剥がされることはなかったのである。

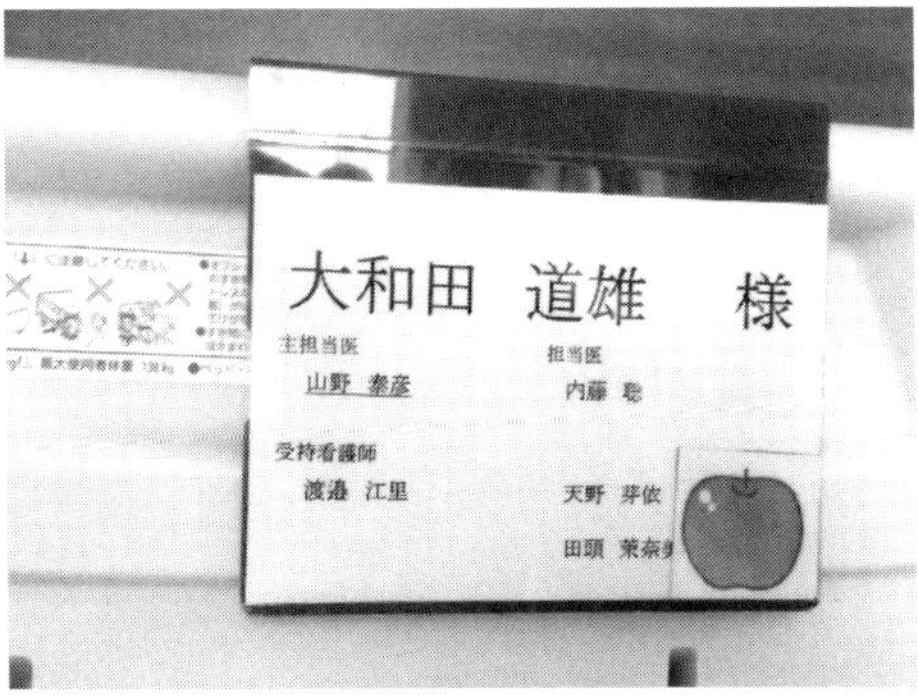

枕もとに張られた赤リンゴのシール

いつ張られたかは知らないが、気付いたら枕もとに赤いリンゴのシールが張られていた。これは、看護師の言うことを聞かない危険人物の患者に対する印である。退院するまで剝がされることはなかった。

コロナ禍で週に一度の家族面会

コロナ禍でもあり、面会は週に一度で一人十五分と決められていた。主に息子が来てくれたため、入院中は妻との面会は叶わなかった。

結局、妻とガラス越しに会えたのは入院してから五か月後のことである。息子が妻を病院まで連れて来てくれたのだ。

妻は入院前に比較してやせ衰え、歩くこともできない夫を前にして驚いていたようだ。目に涙をためて見つめてくれた。長期の入院でやつれた姿を晒《さら》す自分が惨めだった。

腎臓病で入院していた時は、妻が毎日電車に乗って病室に訪れ、下着やバスタオル、寝間着などの洗濯物を届けてくれていたのだが、コロナ禍での入院ではそれも叶わない。

病室で数か月に及ぶ闘病生活を続けていたのだが、三月の春の訪れを告げる桜の開花時期になっても身体が全く動かず、あきらめに近い心境になった

闘病に疲れ果てたわが命　桜と共に散らんとぞ思う

自力で死ぬこともままならないのだ。

そんな気持ちを察してか、看護師がベッドに寝たままの状態で桜の見える窓際まで連れて行ってくれた。

病室が七階であったこともあり、廊下の窓から屋外の景色と堤防沿いの桜並木を見ることができたのである。

血液検査の結果、貧血気味であるとの判断で輸血が必要と告げられたが、以前、父親が輸血による合併症で亡くなった経緯があり、輸血に対しての不信感があった。

父は前日まで元気で、トイレはもとより食事も自分で食べることができた。夕方、看護師が輸血するとのことで自宅に戻ったが、翌日には意識が朦朧となっていた。

これから名古屋に戻ることを父に告げると、盛んに目をこすり話そうとするのだが、それも叶わなかったようである。

父親の死の知らせを受けたのは名古屋に戻った翌日である。それから二年後、妹が「癌」で入院していたのだが、輸血の翌日に合併症で亡くなっている。

右手首に輸血用のパイプが埋め込まれ、一日三回の栄養剤の注入に加え、輸血による手首の拘束は、身動きができないためにストレスを感じる時間が長くなった。

リハビリの開始

三月の中旬まではこのような状態が続いていたが、リハビリが開始されたのは四月に入ってからである。

リハビリといっても病室で寝たままの状態で、下半身は全く動かなかったため、理学療法士による電気ショックやマッサージによる感覚の復元が主体である。したがって、この時点では言語聴覚士によるリハビリで、まずは腕を動かす訓練からであった。その効果もあって、わずかではあるが両腕が使えるようなってきた。

それでも腕を上下左右に動かすことは困難で、スマートフォンに手が届いても看護師に操作を依頼する状況であった。

身体だけではなく、腕や脚の浮腫《むく》みが酷いため、胸の上で両手を繋ぐことでさえ容易ではなかった。それだけ手足が動かなかったのである。

作業療法士による握力検査では、入院前の握力が五〇kg前後であったのが、その時点での握力は一〇kg以下であり、固定したスマートフォンが操作できるようになったのは腕のリハビリが始まってからである。

腕力だけではない。透析を重ねる度に体重が減り続け、入院時に比較して十五キロも痩せた。

浮腫みが治まると、想像を絶するほど腕や脚は細くなり、あばら骨も顔を出して皮膚もしわだらけになった。まるで、風船の空気を抜いた後のようになった。

気が付けば入院以来散髪はしていない。もともと頭髪は多い方ではないが、寝ていてもうっとうしくなり、病院内の美容院に依頼して寝たままの状態で髪の毛を切ってもらうことにした。

しかし、理容院ではないので髪の毛を切るだけで洗髪もなく、髭も剃ってはもらえなかった。それでも四か月振りの散髪は、心が洗われるほどスッキリしたのである。

翌日、男性の看護師が寝たままの状態で髪の毛を洗ってくれたのだが、入院してから初めての洗髪である。頭のかゆみも取れて呼吸が楽になった気がした。入院以来、自分の顔を鏡で見たことはなかったが、四か月に及ぶ入院生活で髪は伸び、髭も伸びていてまるで仙人のようであったらしい。

電気カミソリは、髭が伸び過ぎていると剃れないため、バリカン機能を利用した。当然、看護師にお願いして剃ってもらったのであるが、手足の詰めも切った。その時点でようやく人間らしさを取り戻したのである。

また、理学療法士の手助けで車椅子にも乗れるようになった。車椅子の操作は初めてである。両方のタイヤを駆使して方向を変えるのは簡単であったが、腕の力が回復していないため、前に進むだけでも苦労した。

四月の上旬、病室から車椅子に乗って初めて独りで廊下に出たのだが、ナースステーションの前で出会った看護師が驚いて喜んでくれた。

思えばＩＣＵから重症患者室、さらには一般病棟まで四か月以上も見守り看護をしてくれたのだ。車椅子とはいえ、自力でようやく動けるようになったことに感謝した。

寝たきりの状態から車椅子に乗れるようになったのは、四月に入ってからである。そのタイミングで室内のトイレ移動も可能で、おしめをリハビリ用パンツに履き替えることができた。上半身の筋力回復に向け、病室の廊下を看護師詰所前まで向かったのだが、医師や看護師が詰所から飛び出して祝福してくれた。

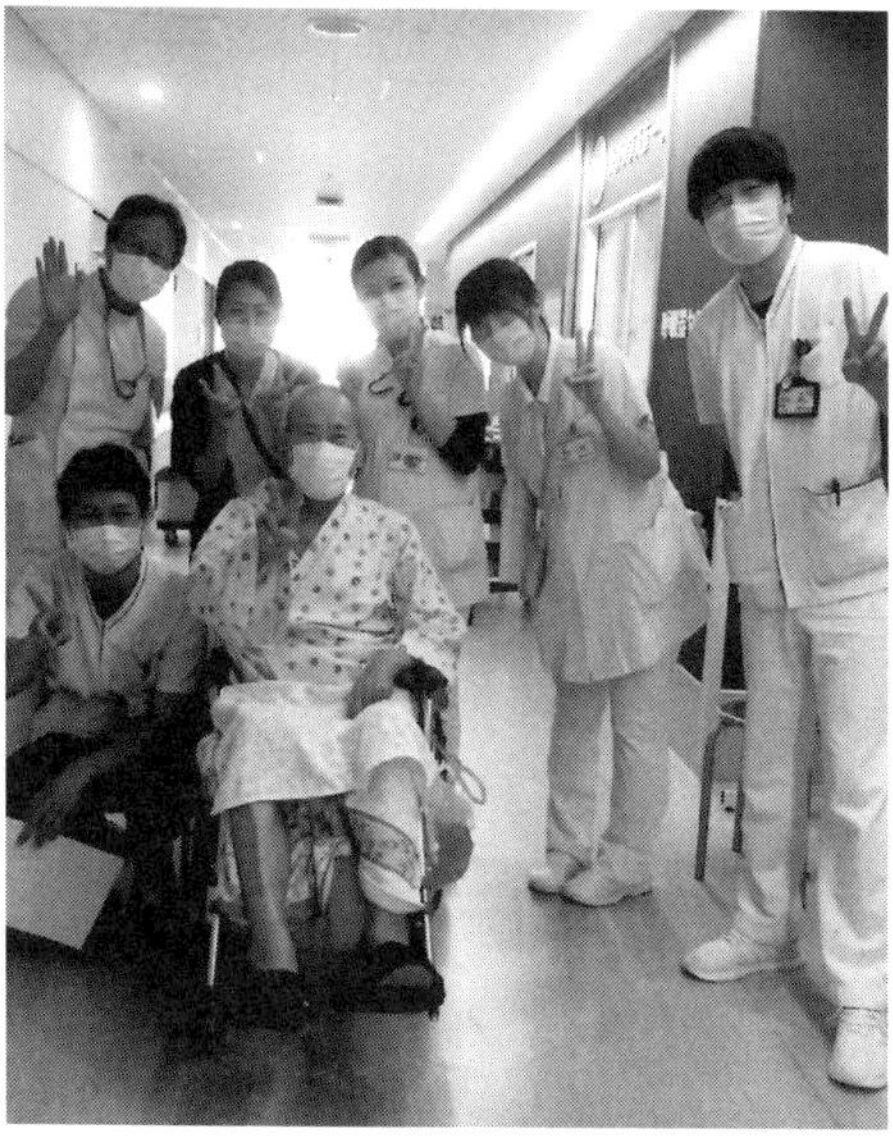
車椅子で看護師詰所の前で記念写真

本格的なリハビリを開始したの

は、大型連休が明けてからである。午前中は病室での言語聴覚士による呑み込みのトレーニング、午後からは理学療法士の機器トレーニングと平行棒内歩行訓練、および作業療法士によるストレッチである。

最初はその違いが理解できなかったが、言語聴覚士による呑み込みのトレーニングは主に頭と首、理学療法士は下半身、作業療法士は上半身であった。

寝た切りが長かったため、足腰が弱って座った状態から立ち上がるのは至難の業で、特に低い椅子やベッドからでは理学療法士のサポートなしでは叶わなかった。

手助けなしで車椅子に乗り移れるようになったのは、新年度の四月の中旬に入ってからである。

これまで、腎臓病の担当医からの指示で、採血および血圧測定は左手が禁止されており、右手、右足のみでの医療だったため、右手脚の回復が遅れる傾向にあった。したがって、右利きであったにも拘らず、握力も左手に比較して弱かった。

さらに、足の浮腫みは治まらず、足首と脹脛（ふくらはぎ）の区別がつかないほど腫れあがり、脚が重たく自由に動かすことができなかった。

特に、右足首は感覚がなく、全く動かない状態であったため、車椅子からベッドに戻ることも困難を極めたのである。

闘病の心を癒すハーモニカ

言語聴覚士と作業療法士によるリハビリの努力で、わずかではあるが腕を動かす動作が容易になってきた。

また、鼻からの栄養剤の注入するNGチューブ（経鼻胃管）から逃れることができたのは四月の下旬になってからである。

山舗杏看護師と

鼻からのパイプ（NGチューブ）が外され、一緒に喜んでくれた山舗杏《やましなあむ》看護師は、いつも明るく、病室に入ってくると何故か元気が湧いてくる存在であった。

鼻から酸素吸入のパイプが外され、自呼吸ができるようになった。嬉しくなって息子に自宅からハーモニカを届けてもらった。

小学校から独学でハーモニカを愛用してきたが、今となっては肺の状態を知る目安として有効な楽器であり、安価で持ち運びも楽である。

驚いたことに入院前は苦しくて息継ぎができなかったが、楽に吹き続けることができるようになっていた。

まさに、肺胞出血で呼吸困難となり、生きることさえ厳しい状況であったが、主治医による最新治療で肺機能が回復していることを実感できた瞬間だった。

ハーモニカは、ピアノの音域に合わせるとマイナーとメジャーだけでも十数本が必要だが、病室には一般的なCメジャーのハ長調を持ってきてもらった。

一日のリハビリが終わり、個室で夕食までのひと時は病室の窓から夕陽を眺めながらハーモニカを吹いていた。ハーモニカの音色は、辛い闘病生活を癒すのに役立ったのである。

肺機能が回復し、ハーモニカが吹けるようになった。リハビリが終わり、夕

病室に持ち込んだハーモニカ

食までのひと時は西側の窓から夕陽を眺め、ハーモニカを吹いていたのである。

病室では、スコットランド民謡のアメージング・グレースを吹いていた。この曲は最初に間質性肺炎を発症し、余命を告げられた時からすがる想いで聞くことが多かった。

歌詞の内容は、奴隷船の商人が神に罪滅ぼしを願う内容のようであるが、詳しくは理解していない。しかし、何故かこの曲を吹いている時は気持ちが落ち着いたのである。

スコットランドの夏は、ダブリンの平均気温が一五度くらいであり、北海道の稚内よりも三度程低い。いわゆる亜寒帯気候である。

しかし、冬の平均気温は稚内よりも高緯度にも拘らず、氷点下になることはない。これに対し、稚内は氷点下三・八度、内陸の旭川は氷点下六・一度である。したがって、気温の年較差はスコットランドが遥かに小さいのだ。

これは、我が国がユーラシア大陸の東側に位置しているために大陸の影響で気温較差が大きくなる（東岸気候）のに対し、スコットランドは偏西風の風上側にあたるため（西岸海洋性気候）、海洋の熱容量によって冷え込みが少ないからである。

これまでスコットランドに行ったことはないが、テレビで放映される映像は何故か故郷の北海道の雄大な景色を思い出し、心が和んだ。

北海道の内陸盆地にあたる富良野や美瑛の丘は、スコットランドに似た景色を感じることができる。

富良野の丘

辛いリハビリ

四月中は理学療法士による病室でのストレッチ、作業療法士によるリハビリ室での訓練に励み、大型連休が明けた五月の初旬頃には、少しではあるが立ち上がれるようになった。

それと同時に平行棒内での本格的な歩行訓練が始まり、補助器具を使っての歩行訓練で少しは歩けるようになったが、それだけでも奇跡的回復と副院長を始め主治医、理学療法士から褒められた。

緊急入院してから五か月、ようやく補助器具を使えば歩けるようになった。近藤康博副院長（右端）、主治医の山野泰彦呼吸器科部長（中央）、および理学

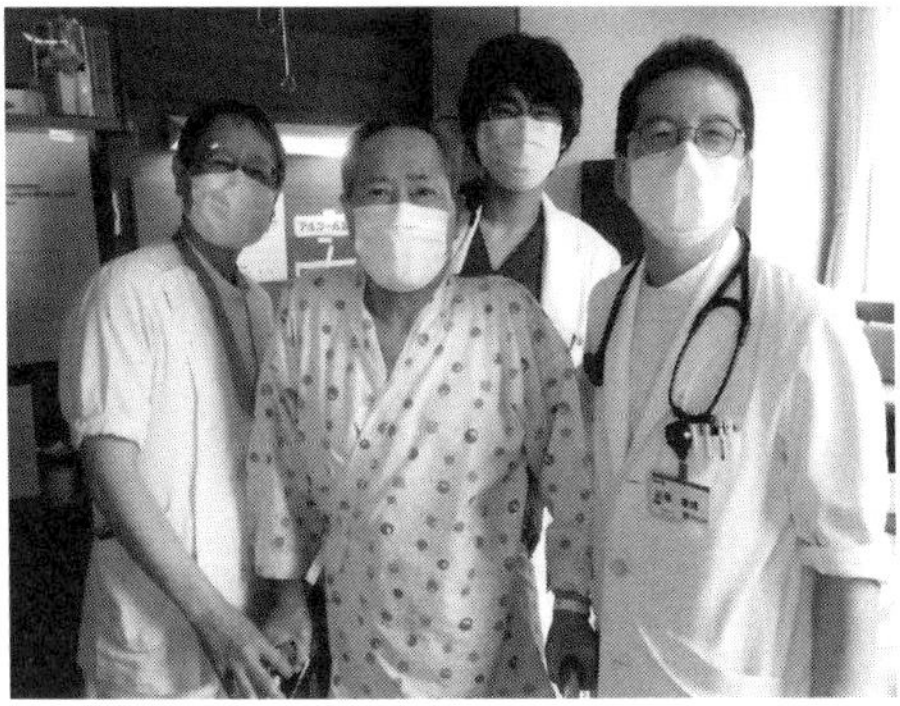

私の命の恩人たちと

療法士の小川智也部長（左端）は命の恩人である。

作業療法士によるストレッチ

しかし、足腰はほとんど回復していなかったため、歩くことは至難を極めた。両足は震えて体重を支えられず、冷や汗が吹き出した。十秒間も立っていられないのである。

主に握力や上半身を担当してくれた久保田純平作業療法士は、毎日、リハビリセンターまで車椅子で搬送してくれた。立った状態でのストレッチは脚がふらついて厳しいものがあった。

これは、立ち上がると脈拍が異常に高くなるからであり、一四〇以上になると車椅子に座って休むのだが、呼吸が回復するまでに多くの時間を要した。

「これで本当に歩けるようになれるのか」

半信半疑であったが、酸素飽和度だけはほとんど下がることがないのに驚いた。病室の廊下で酸素ボンベを携行して歩行訓練をしている患者は、歩くことはできるのだが、息苦しさで立ち止まっていることが多い。

それに対し、自分は酸素ボンベも携行せずにリハビリができるだけでも幸せを感じたのである。

平行棒に沿っての歩行訓練では、わずか歩くだけでも汗が溢れ出たが、身体を支える理学療法士は、転ばないように自分よりも冷や汗をかいたに違いない。

担当してくれる理学療法士は、二〇〇五年に特発性間質性肺炎で最初に入院した時からお世話になってきたが、間もなく定年を迎えるという。早いものである。

小川智也リハビリテーション部長は、特発性間質性肺炎で入院した当時から

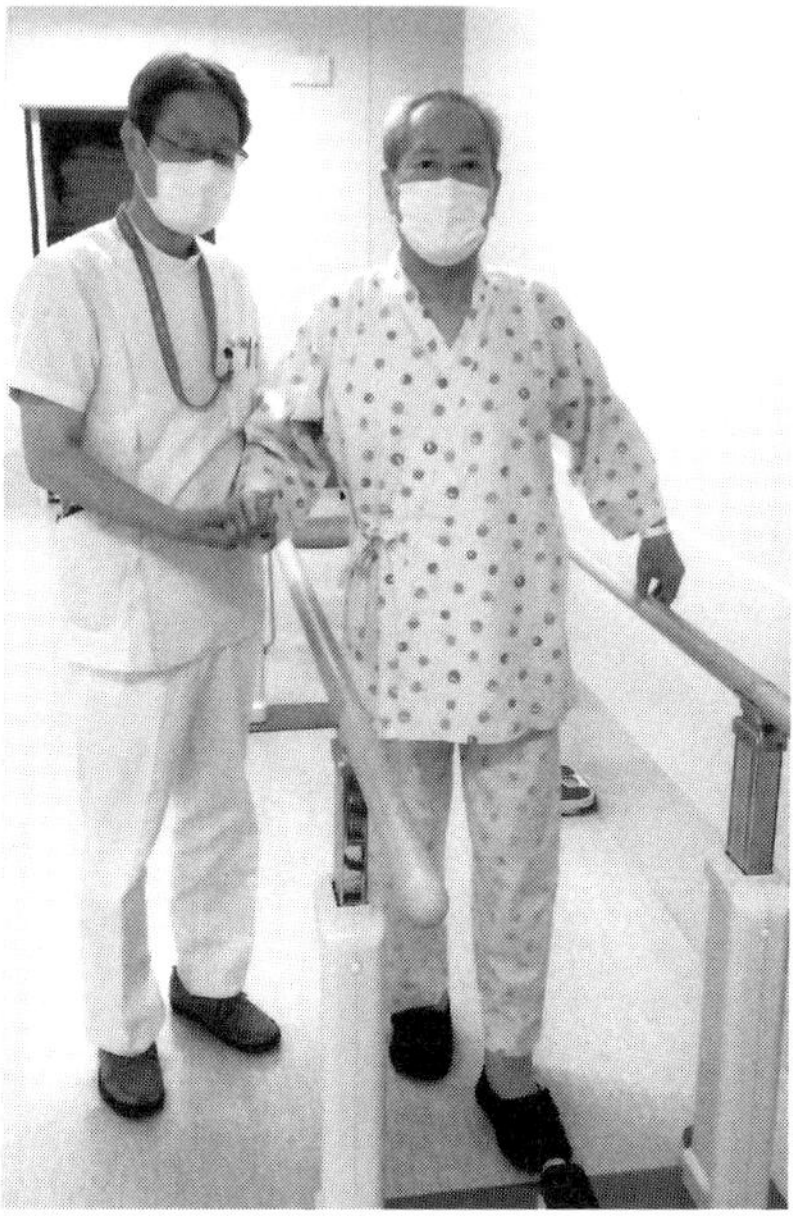
小川智也理学療法士による平行棒内歩行訓練

担当してくれた理学療法士で、今回の入院でも植物人間同様の身体を再生すべく努力を惜しまなかった。

立ち上がることも困難で、平行棒内を両腕で理学療法士に支えられながら数メートル歩くことができなかった。歩行訓練は、両腕で身体を支えながらであったが、突然右足の力が抜けることが多く、理学療法士の瞬時の判断で転ぶのを防いでくれたのである。

薬の自己管理

六月に入ると、退院に向けてのスケジュールが示された。まずは処方箋の自己管理である。これは、自宅療養で薬を飲み続けなければならないからである。

これまでは食事の度に薬剤を看護師が持ってきてくれたのだが、薬剤師が一週間分の薬を用意してくれた。これができることが退院の条件になる。

しかし、朝食後の薬は種類も多く、分別するだけでも一苦労であるが、飲み忘れがないように気を付けた。

朝は、主に血糖値を下げるテネリア二〇mg（テネリグリプチン臭化水素酸塩水和物錠）、および血圧を下げる薬アテレック一〇mg、さらに腸内環境を整えて下痢や便秘の改善するビオスリー配合ＯＤ錠が二錠である。

アザニン（五〇mg）は免疫抑制剤、血液サラサラ成分のクロピドグレル七五

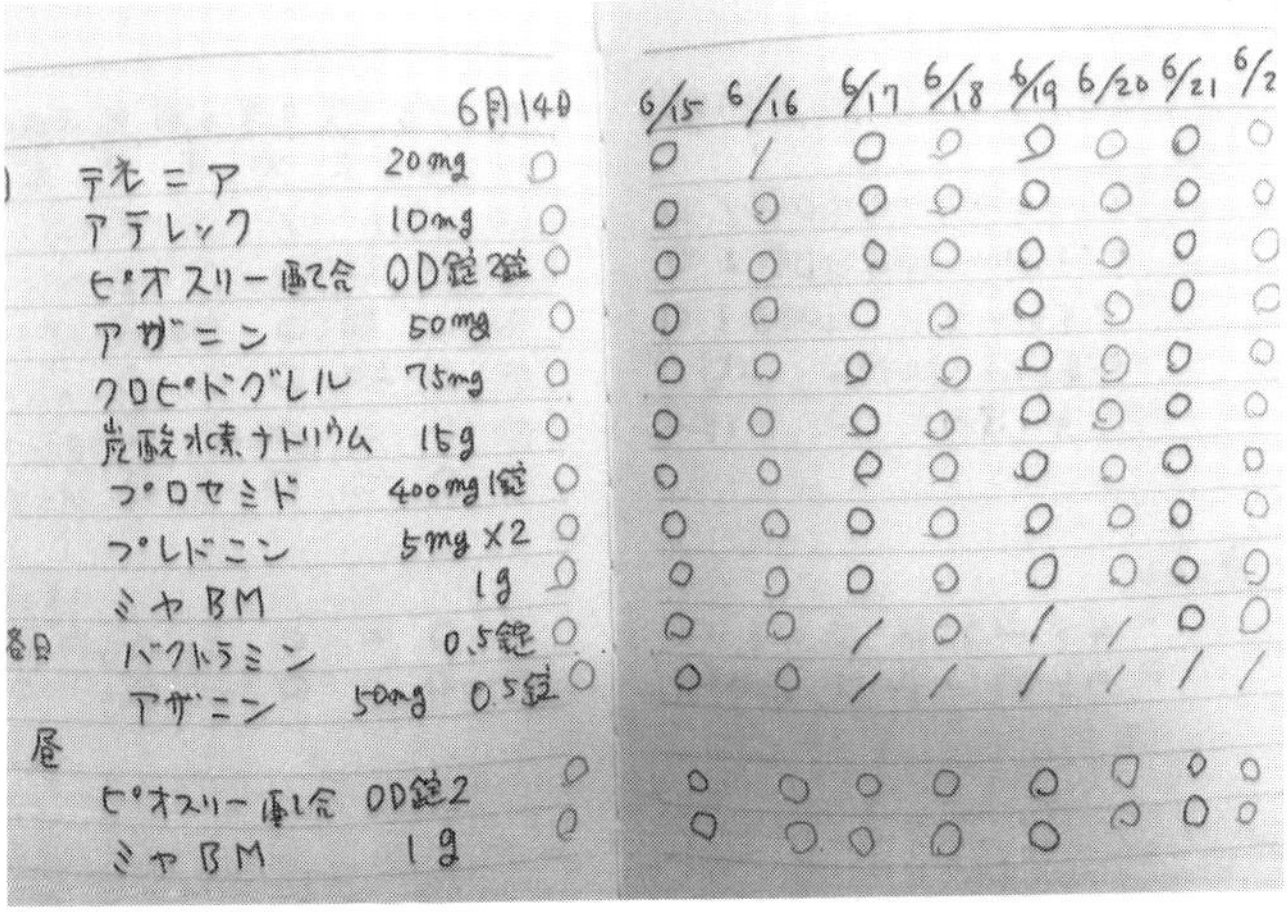

手帳に毎日の薬を記帳

mg、腎臓に作用して尿量を増し、浮腫みや血圧を下げる薬剤のフロセミド四〇〇mg一錠、ミヤBM一g、呼吸器系や尿路系も感染を防ぐためのバクトラミン〇・五錠は朝食後に隔日で服用した。

さらに、合成副腎皮質ホルモン剤のプレドニン五mgを三錠朝食後に服用した。炭酸水素ナトリウムは朝と夕食後に服用する薬で、胃酸を中和して胃炎、消化性潰瘍に効果があるようである。

退院に向け薬の自己管理となったが、薬の種類が余りにも多く、朝食後、昼食後、さらに夕食後に加え、就寝前の薬に分けられていたため、袋から取り出すだけでも大変で、飲み忘れのないように毎日手帳に記したのである。

玄関先の階段

退院に向け、理学療法士から自宅の階段の写真を示すよう指示された。我が家は、玄関先の階段が三段ある

玄関先の門扉までの階段は、数年前に妻が朝早くに誤って転げ落ち、大腿頭部骨折の大怪我を負った経緯がある。

玄関先の路面に倒れているのを近所の人が教えてくれ、慌てて妻を背負って居間まで運んだのだが、階段を上るのは至難の業だった。

当時は、毎週トレーニングのスクワットで百二十kgを持ち上げていたのだが、余りの重さに驚いた。

救急車が到着し、救急隊員が近くの総合病院に搬送してくれたのだが、大人一人を背負って歩くことがいかに大変で体力が必要かを知った。

たわむれに母を背負いて
　そのあまり軽きに泣きて　三歩あゆまず

（石川啄木）

石川啄木が歌集「一握の砂」で詠んでいるが、重たくて歩けなかったのではないかと疑うほどである。

その時までは、我が家の玄関先の階段に手摺りがなかった。妻が転げ落ちてからは片側のみであるが手摺りを設置したのである。

したがって、片側の手摺りにつかまって階段を上る訓練となった。しかし、これまでの平行棒に掴まっての歩行訓練のみで段差を歩いたことはなかった。

そこで初めて段階で脚が上がらないことに気付いた。太ももが持ち上がらないのである。最初は十五㎝の段差の階段を上る訓練でも無理であった。このままでは自宅に戻っても自力で玄関には辿り着けないであろう。

我が家の階段は、段差が二〇㎝はある。

「このままでは帰れない」

焦りにも似た心境になり、必死に脚上げの訓練に励んだが、進展はみられなかった。下半身全体の身体機能が麻痺しているのだ。

脚力だけではない。呼吸器の検査でも吸い込みに比べて吐き出す力が半分以下になっていた。吐く力が弱いのだ。

思い切り吐こうとすると「めまい」がしてくる。四か月以上も寝たきりの状態で、酸素飽和度は回復したものの、肺活量は復活していなかったのである。

歩行訓練でも感じたが、わずかな運動でも脈拍数が百二十を上回り、心臓への負担が急増する。そこで、持久力を高めるため、エアロバイクを漕ぐことになった。

以前は、九〇kgの負荷をかけて三〇分漕いでいたのだが、現在は二〇kgの負荷で一〇分でも青息吐息である。

隣の高齢の女性は、負荷三〇kgであるが鼻歌交じりで漕いでいる。口惜しさと惨めさが同居して、夜は情けなくて眠れなかった。

そんな焦りからか、脚力を鍛えようとレッグプレスの前で順番を待っていたが、外来患者らしき男性が一〇〇kgのプレートを持ち上げていた。

羨ましくなり、自分も挑戦してみようと離れた車椅子から勝手にヨタヨタとレッグプレスの機器まで杖も突かずに歩いてしまったのである。

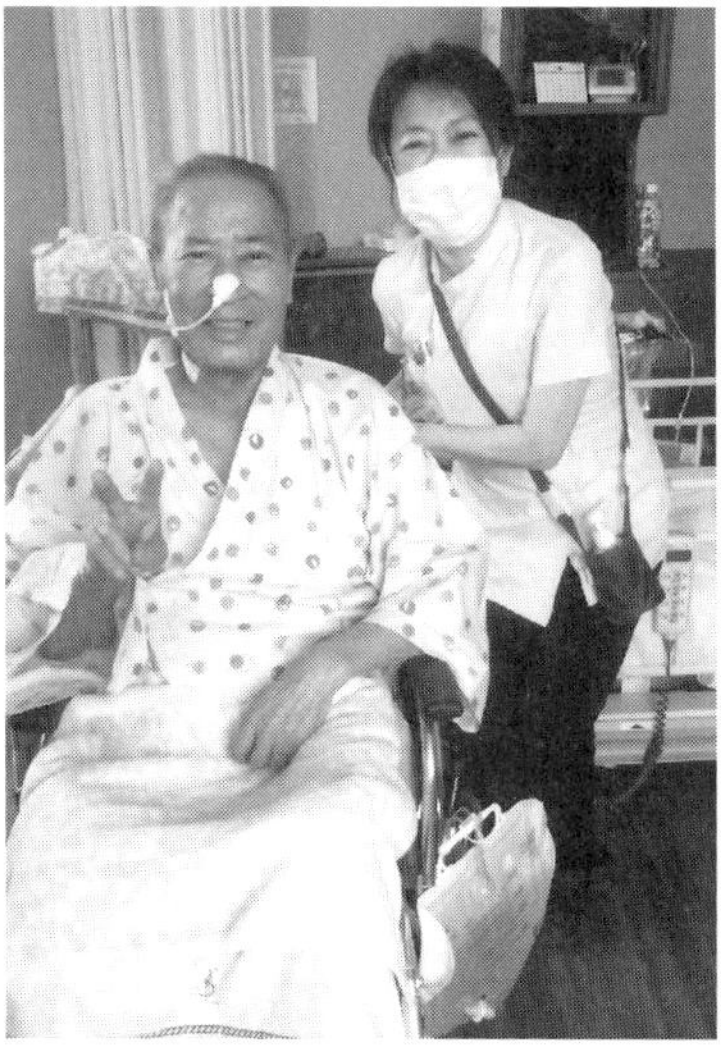
リハビリセンターの渡辺文子理学療法士

これには、女性の理学療法士から厳しく叱責された。当然である。これまで手摺りや平行棒につかまっての伝い歩きしかしてこなかったのだ。
リハビリセンターのマドンナ理学療

法士は健在だった。

渡辺文子理学療法士は、小川智也リハビリセンター部長とともに、リハビリセンターにとってなくてはならぬ存在である。常にリハビリ患者の事故を防ぐための監視をしていて、勝手な行動は許されなかった。

このままでは退院してからも自力で歩くことはできない。病院の担当者からの提言で、介護認定を受けるようアドバイスを受けた。

介護申請は入院中でもあることから、息子が地元の市役所に出向いて介護認定の申請をしてくれたのである。

退院を控え、ベッドからの寝起きや車椅子への移動はできるようになったものの、歩けないことは事実である。

数日後、介護認定調査のための係員が視察に訪れて身体機能の確認と、自宅に戻ってからの介護に関する説明を受け、デイケアサービスや訪問介護が必要との判断であった。

当時、腕の浮腫みは治まっていたが、ステロイドの副作用で足首の浮腫みは以前のままで、足の裏は小さな砂利やボールを踏んでいるような違和感を覚えた。退院に向け、リハビリセンターで握力、脚力、および肺活量の検査が行われたが、悲惨な結果を知ることになった。まだ、自分が思うほど身体機能が回復していないのだ。

六月下旬を退院目標に掲げていたが、これは自分が勝手に決めたことで、病院側はまだ早いと判断していたに違いない。

退院を早めたのは、半年以上も自宅で夫の帰りを待ち侘びる妻が心配だったからである。

妻は、数年前に全身麻酔で手術を受け、その影響からか認知症と診断されていた。本人はその意識がなく、正常な暮らしをしているつもりのようであるが、物の置き忘れや買い物した品物を記憶できなかった。

二人で生活している時はサポートが可能だが、今は一人で暮らしている。息子が週に一度買い物に付き合い、一週間分の食料を買い揃えるのだが、冷蔵庫に入れたままで計画的に消費できないのである。

入院中は、午前中が言語聴覚士による呑み込みの訓練、午後からは理学療法士と作業療法士によるリハビリが課せられていたため、妻への電話は食事時の時間帯である。その度に何を食べたか確認するのだが、答えは決まって、

「あるものを食べて済ませた」

との返答で、詳しくは教えてもらえなかった。それは、妻が何を食べたかも覚えていないのであろう。

ただ、電話では、

「早く会いたい！」

こればかり言い続けていたため、退院を早めたのである。

しかし、障害者としての身体能力しか回復していなかったため、退院直前まで迷いはあったが、早く妻の介護をしなければならないとの焦りもあった。

退院の判断を誤ったのではないかと思えたが、デイケアサービスや訪問看護でも回復は望めると判断したのである。まさに、苦渋の決断であった。

久し振りの我が家

退院の朝は土曜日ということもあり、多くのお世話になった医師や看護師にも会えず、息子と嫁、孫に助けられながら車椅子で病院を後にした。

病院内は車椅子で移動し、息子の車に乗り込もうとしたが、右足は麻痺していて脚が上がらない。乗り込めないのだ。息子の嫁に、

「お尻から車内に身体を入れ、脚は後から入れるように」

と助言され、試してみると楽に乗り込めたのである。いわゆる女性が車に乗る時の姿勢である。

入院したのは真冬であったため、窓から眺める木々が葉もなく寒々としていたが、退院時は梅雨明け前である。吸い込んだ空気が蒸し暑く感じられた。

久し振りに自宅に帰ってみると、我が家の庭は入院前よりも庭木や鉢が整理

されていた。

入院前は妻が庭に鉢植えを山積みし、それを取り除くことに反対してストレスが溜まっていたのである。

現に、伸び放題の庭木の刈り入れをしていて「マムシ」に噛まれ、三日後に呼吸不全となって毒を抜き出し、命拾いしたことがある。

今回の入院もアンカ関連血管炎であるが、肉体的なダメージに合わせ、精神的ストレスが原因であると息子が医師から告げられていたのである。

そんなこともあり、息子と嫁が知り合いに協力を得て軽トラック二台分の鉢植えを処分してくれたようである。

処分に際し、妻が激しく抵抗して大声を出したために虐待が疑われ、息子は隣近所に事の起こりを説明に回ったようである。

庭の膨大な鉢植えの整理が終わり、入院中に綺麗になった庭の写真を息子が携帯電話の添付ファイルで送ってくれたのであるが、何故か胸のつかえが取れ、呼吸が楽になったような気がした。

そこで妻に電話したのだが、鉢植えの処分で大騒ぎをして抵抗したことは忘れていて、

「自分が一人で綺麗に片付けた」

と言い切った。その言葉に妻の認知症が重症であることを再認識したのである。

自宅玄関口の階段

半年振りに自宅前に着いたときは不思議な感覚だった。

「入院前までは、この家で暮らしていたのだ」

妻が玄関先で出迎えてくれたのだが、自宅に着いた悦びは玄関先の階段を前にして吹き飛んだ。階段が上れるか不安になったのである。

道路から玄関先までは三段の階段があるが、ここを上れなければ自宅へは入れない。現在は、妻が誤って転げ落ち、大腿頭部骨折の大怪我をしてからは手摺りが設置してある。

病院のリハビリでは、この階段が上ることができなければ退院は許可されなかった。しかし、実際に階段を目の前にして怖気づいたのか、その時は早めの退院を後悔した。

結局、自分の力だけでは手摺りを使っても上がることはできず、息子と入院時は小学生だった中学一年生になる孫の力を借りたのである。

しかし、門扉から玄関までは手摺りがなかったため、両脇を抱えられながら辿り着き、下駄箱に身体を預けながら靴を脱いだ。

しかし、立っているだけで息切れと微かな身体の震え、普段の生活が病院の病室や廊下とは違うことを実感せざるを得なかった。病院は身体障害者に対応した施策が施されているのである。

要介護三級との知らせが退院と同時に送られてきたため、退院日に合わせてデイケアサービスの日程調整、医療器具の搬入が行われた。医療用ベッドは必需品であり、その日の内に運んでくれた。

医療用ベッドの購入も考えたが、介護福祉士からレンタルするよう勧められた。同時に歩行器も借りることになったが、これはトイレに行くための必需品である。

さらに、車椅子は将来必要になるとのことで、購入するかどうかで息子と相談したのだが、

「数年後に必要になった際には機種も変わり、慌てることはない」

との判断でレンタルすることになった。

結局、購入したのは風呂用のマットと椅子だけである。

訪問介護

介護サービスセンターからは、毎週一度の看護師による体調管理、さらに毎週二度の理学療法士によるリハビリをお願いすることにした。

病院では、看護師による数時間単位での検査項目が体温、酸素濃度、血圧、心拍数、および血糖値であるが、訪問看護師は血糖値の測定は行わないようであった。

入院中は毎日リハビリが課せられていたため、ある程度の要領は心得ていたが、訪問による理学療法士の作業行程は入院中と同じであることに驚いた。

理学療法士として資格を取得するためのマニュアルかも知れないが、自宅で入院中と同じリハビリを受けられたのである。

訪問による週二回のリハビリは、定期的に身体能力が回復する過程を知ることができるため、前向きに努力をする励みとなっている。

看護師は二人一組で来宅することが多く、体調に異常が認められないと判断してから浴室でシャワーによる洗髪と身体を洗ってくれた。但し、湯桶に浸かっての入浴は身体能力の回復を見てからのことになった。

退院後は、玄関先の階段を自由に上り下りできないため、自宅に引きこもる機会が多くなり、屋外の気温を肌で感じることはなかった。

しかし、退院してから二週間後には妻の助けを得て庭先のガーデンチェアに座ることができるようになった。

夕方、庭のガーデンチェアに座り、爽やかな外気に触れていると「蚊」が寄ってくるのだが、刺されることはなかった。

これは、十数年前に特発性間質性肺炎で入院し、退院してきた時と同じである。いずれも発病した時には大量のステロイド（プレドニン）が体内に注入され、現在も毎日十五㎎のステロイドを服用している。

自分では気が付かないが、「蚊」は皮膚から発散される臭いを嗅ぎ分けているのかも知れない。

妻は蚊に刺されない理由として、

「高齢者の血は美味しくないのだろう」

そう言って笑うのだが、確認したわけではなく、定かではない。

退院してから数日後、兼ねてより介護認定に加えて身体障害者として認められたとの通知がきた。

身体障害者の手帳が交付されるという。確かに、現状では歩くこともできず、車椅子の生活で身体に障害を持っていることは事実だが、認定されたことに少し抵抗はあった。

入院前から腎臓病のクレアチニン値が高く、透析が免れないとの医師の判断から身体障害者の認定を受けるよう勧められていたのである。

身体障害者の申請は、入院中に息子が手続きをしてくれていて、受け取りは本人が行わなければならないとのことだった。

持参するものは本人を確認する証明書、いわゆるマイナンバーカードや免許証、保険証、および印鑑である。

証明書の発行に罹る時間が予測できなかったため、身内が身体障害者の認定を経験したことのある知り合いに市役所まで連れていってもらった。

「晴れて」（?）身体障害者となったのだが、活用するにはそれぞれの必要に応じての事務手続きが必要で、市役所内とは限らず、申請はまだ終えていないのが現状だ。

新型コロナワクチンの接種

入院中は完全隔離の状態で、新型コロナ感染症に感染する心配はなかったが、自宅に戻ってからは不安になった。

肺の基礎疾患を持つ者にとって新型コロナ感染は命取りである。生きて退院できたことだけでも奇跡であり、感染だけは避けなければならない。妻も手続きができず、ワクチンの接種はしていなかった。妻が感染した場合、当然二人暮らしの自分は濃厚接触者となる。

自宅のある自治体は、高齢者に対してのワクチンの接種が既に始まっていたため、早速申し込むことにしたのだが、要領を得なかった。

しかし、高齢であると同時に基礎疾患の患者であることで、早めの予約が可能となり、車椅子のまま介護タクシーで近くの病院での一回目の接種をすることができたのである。

入院中は注射を打つことが日課のようであったため、コロナワクチンの注射に抵抗はなかったが、数日間の倦怠感と腕の痺れがあり、身体の動きが鈍くなった。

二回目の接種は、最初から約一か月後ということで七月末になり、介護タクシーを利用しての接種であったが、副作用もなかったこともあって精神的には安心したのである。

その間、一回目のコロナワクチン接種から二回目までの約一か月は、週二回の看護師による介護サービス、理学療法士によるリハビリで、日にちが経つのが早かった。

本来であれば、丁度この時期（七月末）に退院する予定であったことを考えると、感無量であった。

退院を待ち望んでくれた仲間

退院したとはいえ、歩くこともままならず、車椅子での生活であったが、多くの仲間に励まされ、助けられた。

どんぐり理髪店

近くの理髪店では店長が自ら車で送り迎えをしてくれた。それだけではない、妻の美容院への送り迎えを息子と奥様に依頼してくれたのである。ありがたかった。

大学の官舎から引っ越してから三五年以上通い続けている近くの理髪店は、自宅からは歩いて五分程度であるが、車椅子や歩いていく事はできなかった。自宅に来ての散髪も可能であるとのことであったが、車で送り迎えをしてくれたのである。

車椅子での買い物などの外出では、これまでとは違う世界を体験することができた。大型スーパーでは、これまで気にも留めていなかった車椅子が用意されていて、自宅から持ち出す必要はなかった。

さらに、障害者用の入り口に近い駐車スペースは空いていることが多かったが、障害者ではないのにも拘らず、当たり前のように駐車スペースを占領している客が多いのに驚いた。

店内を車椅子で回るのだが、買い物客は車椅子の自分を優先してくれた。道徳心が浸透しているのである。

退院して半月、入院前に通っていたトレーニング仲間からバーベキューで退院祝いをしたいとの申し出があった。その気持ちには感謝したが、不自由な身体で前向きにはなれなかった。

しかし、身体能力の回復と社会復帰とは別である。その気持ちに応えることも社会復帰の一環と考え、行為に甘えることにした。

入院前は体重が七八kgでベンチプレスは八五kg、スクワットは一二〇kgを上げていたが、退院後は一五kgも痩せ、トレーニングどころか歩くこともままならないのである。

余りにも惨めな己の現状を晒すようだが、現実を直視する強さも必要と考え、参加することにした。

現地には、三重県庁職員に嫁いだ教え子とそのご主人が知多半島にある美浜の施設までは車椅子ごと運んでくれた。

施設では、トレーニング仲間のご子息たちが起伏のあるバーベキューの場所まで車椅子を押してくれたのである。

トレーニング仲間は、全日本空手道拳誠会の師範の集団で、そのご息子たちも空手の有段者である。

トレーニング仲間との記念写真

大学に入学したとはいえ、コロナ禍で対面授業もなく、仲間にも会えないため、学生生活に不安を覚えているようだった。

かつて、大学で教えていた経験を活かし、師範のご息子達に大学での授業のノウハウを教えて欲しいと頼まれ、焼き肉を食べながらの講義になった。

彼らが余りにも真剣に聞いてくれるので嬉しくなったが、全国の大学生が同じ悩みを抱えているのかと思うと、コロナ禍が早く終結してくれるのを祈るしかなかった。

トレーニング仲間は、最初に入院した後からの付き合いであり、空手師範の集団であるが、会社社長、市役所職員、大手不動産の役員など様々で、毎週一度のバーベルを通じての付き合いのある仲間たちである。

また、半年間に渡る入院期間中、大学時代の指導性が中心となって設立した一般社団法人「気候環境研究会」のメンバーは、入院以来一度も休むことなく毎週勉強会の様子を携帯電話で伝えてくれた。これはＩＣＵで治療を受けている最中でも行われたのである。

研究会は、これまで毎週土曜日に二〇〇回以上の勉強会を実施してきた。メンバーのほとんどが元校長である。

現在はコロナ禍であることと、自分が階段をまだ上れないこともあって、事務所ではなくリモートによって開催している。

彼らを最初に指導したのは、大学に赴任したての四五年以上も前であるが、今でも学生時代と同様に研究に励んでいるのである。

その努力の甲斐あって、二〇一八年には東京の地理学専門の出版社（古今書院）

『都市環境の気候学』

から『都市環境の気候学―気候変動による都市気温の上昇と名古屋の熱中症対策について―』を出版することができた。

東京の地理学を扱う全国的な出版社である古今書院から発刊することができたことは、一般社団法人気候環境研究会にとって最大の成果であり、現在は第二号を目指して執筆中である。

出版記念会は、腎臓病の退院直後の十月であったため、準備には不十分な点も多かったが、名古屋市環境局の計らいもあり、名古屋市公館で開催した。記念会では研究会副会長の息子が講演し、多くの学者、著名人、財界、報道関係者の出席を得られたことに感謝している。

一般社団法人気候環境研究会理事の面々である。研究会副会長の大和田春樹

名古屋市公館で出版記念会（2018年）

が講演した後に出版記念会が名古屋市公館で開かれた。参加者は兼ねてより親交のあった佐々木依子日本室内アカデミー理事長を始め、名古屋市、学者、卒業生、報道関係者等の多くの参加を得ることができた。

退院してからのリハビリと買い物

これまで、市から提供されている介護タクシー券の利用は病院の往復だけと思っていたが、買い物にも利用できることを訪問看護師から知らされた。そこで、介護タクシーに車椅子ごと大型スーパーの入り口まで乗せてもらい、買い物が終わる時間に待ち合わせて帰宅することができたのである。

東京育ちの妻は自転車に乗れず、また、車の免許は持っているものの乗らなくなっていた。このため、妻の車は処分して買い物は二人で買い出しに行くのが常だった。

我が家は最寄りの駅まで歩いて一〇分程であるが、駅周辺に買い物ができる商店は区画整理で立ち退きにあい、今はないのが現状だ。

したがって、大型スーパーには電車に乗って出かけるしかないのだが、最寄りの駅まで車椅子で行くのは無理である。

入院中は息子夫婦が心配し、妻を毎週一度近くのスーパーまで買い物に連れて行ってくれたようであるが、退院後もそれに頼らざるを得なかった。

退院時には、管理栄養士から食生活についての説明があり、塩分と甘さを控え、蛋白源となる肉類は鶏肉、野菜は煮物、果物はカリウムの関係で減らすように指示されていた。

しかし、一人で暮らしていた妻は、控えるように指示されている物ばかり食べていたようである。

そこで、息子が退院してからは食生活の改善を提案したのだが、妻は理解せず、このままでは別居生活、あるいは病院に戻ることも検討せざるを得なくなった。

しかし、退院を半年以上も待っていた妻にとっては、再度の一人暮らしは辛いと思えたのか、食べ物の改善を容認してくれたのである。

妻は、退院して自宅に戻った夫の介護が刺激になったのか、以前より症状が回復していた。食事のカロリーやおかずの塩分、糖分にも気を使ってくれるようになってきた。

しかし、気圧の谷の接近時や雨の日は、何故か認知症の症状が悪化して夕食の準備は期待できなくなるのである。

その理由は明らかではないが、夕方の時間帯になると必ず訳の分からないことを言い出した。

妻は冷蔵庫の食材を計画的に使うことができないため、賞味期限が過ぎたものも多く残されていて、その処分が大変だった。

入院中は退院と同時に車の操作も可能と思っていたが、それほど甘くはなかった。左足に比べて右足の回復が予想以上に遅れて足首が思うように動かないのである。

最近、高齢者の運転ミスが報道され、現状では試しに乗ることさえ危険極まりないことがわかり、身体能力の回復を待つしかないことを知った。

土用の丑の日を迎え、人並みにウナギを食べたいと思ったのだが、買い物には行けない自分が惨めであった。しかし、現実を受け入れるしかないのだ。

自宅でのリハビリは、毎週月曜日と木曜日の週二回である。午前中は訪問看護師による検診と風呂場での見守り、午後からは理学療法士によるリハビリである。

帰宅当時はステッパーやエアロバイクが漕げなく、エアロバイクも自分一人では乗れないことに愕然とした。病院では理学療法士がサポートしていてくれたのである。

ステッパーは歩行器に掴まれば数歩踏むことができるようになったが、予想を上回る厳しいリハビリで、未だに五〇回が限界である。

また、無謀とは思えたが、二階まで階段を上がる訓練を試してみた。交互に踏み上がることはできないが、手摺りに掴まり、片足ずつであれば上ることができるようになった。

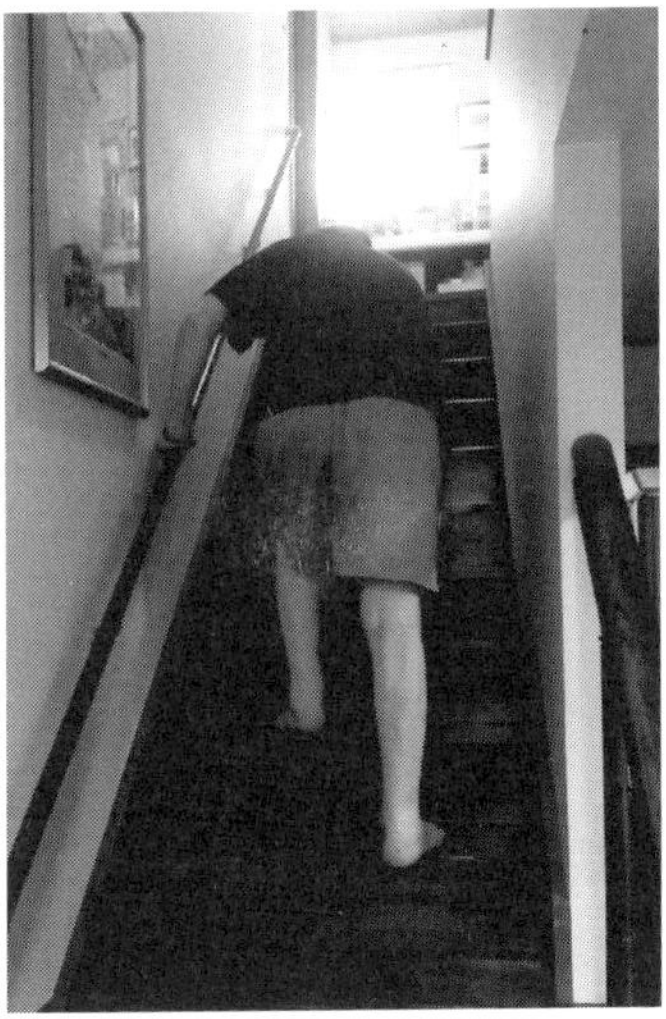

我が家の階段

我が家の階段は一階から二階まで十五段あって、上る途中で三回の休憩が必要である。今ではこれが自宅での最大のリハビリになっている。

我が家の階段は直線で十五段あるのだが、手摺りに掴まりながら五段ごとに休憩が必要だった。しかし、下りるときは転がり落ちないように気を遣い、妻が見守ってくれた。

学生時代を支えてくれた妻

今は認知症を患っているが、思い起こせば今日あるのは妻のお陰である。入院中はいつもこのことを考えていた。

北海道から上京し、通信教育部から昼間部への転部試験に奇跡的に合格したが、知り合いのいない東京で新聞配達をしながらの学生時代は厳しい生活を余儀なくされた。

何故か、同じ地理学科に在籍する東京育ちの妻（当時は同級生）はそんな田舎者の自分に優しく接してくれた。

新聞配達の販売店が、新聞社の計らいで大学に通える東京杉並区の方南町であったため、中野区に住む彼女の家は無理をすれば歩いて行ける距離だった。

上京して初めての正月は、お金がないために帰郷はならなかったが、東京の商店街は正月の三が日が休みで、デパートが閉まることも知らなかった。したがって、その間は食べるものがないのである。北海道の家族から送られてきたジャガイモが一つ残っているだけだった。

それを見兼ねたのか、彼女（のちの妻）が一kgの米を手渡してくれたのである。嬉しかった。当然おかずになるものはなく、味噌に醤油と砂糖を少し混ぜ、これで三日間生き延びたのである。

新聞配達は、早朝三時から綿布（宣伝のチラシ）を入れ、六時までに配達終わらなければならない。しかし、夕刊の配達時間は授業中であった。

したがって講義には出られず、単位を取るのも困難で落第を覚悟したが、彼女がノートを執って渡してくれた。おかげで四時限目の授業の単位を取得することができたのである。

そんな貧しい生活を知ってか、彼女の母親（のちの義母）が度々食事に招待してくれた。ありがたかった。その時に出されたゴボウ、玉葱、サツマイモなどの天ぷらの味は今でも忘れられない。

当時、田舎者の自分には、東京での暮らしに戸惑っていたことは事実である。彼女に連れられて喫茶店でスパゲッティを食べたのも初めてで、北海道ではラーメン以外、麺類は食べたことがなかった。

また、飯田橋の外濠に沿う洋食屋でハンバーグを食べさせてくれたのだが、ナイフとフォークを使った経験がなく、冷や汗を流しての食事で、味わう余裕もなかったことが残念でならない。

大学卒業後は、故郷の北海道で中学理科の教師を志していたが、教授に大学院進学を勧められた。しかし、仕送りのない生活では無理とあきらめていた。ところが、研究室の計らいで昼間は高校の非常勤講師として働き、夜間の大学院に通うことを示唆されたのである。

大学院の受験勉強はしていない。当然試験もできず、指導教官はハイデルベルグ大学の客員教授として留守だった。

大学院受験の面接で、試験管の教授から、

「大和田君。大学院をどう思うかね」

と聞かれ、試験の出来も悪かったため、どうせダメもとと思っていたこともあり、

「入ったことがないから分かりません」

そう答えると、

「それもそうだ」

それで面接が終了したのである。

他の受験生は三〇分以上も質問されていたので、当然合格はあきらめていたのだが、合格した時は信じられなかった。

当時、彼女は航空会社に採用されていたが、それを断り国立の女子大学大学院に進学していた。大学祭があるということで恐る恐る茗荷谷にある女子大学に連れられて行ったが、名門の国立女子大学である。

学内を歩くだけで緊張した。すると、どこからともなくギター演奏の音色が聴こえ、振り向くとコーヒークラブからの誘いだった。

部員は見るからに知的で秀才の集団であることが理解できる雰囲気で、コーヒーは無料だという。

「何になさいますか?」

聞かれてもインスタントコーヒーしか飲んだことのない自分にとっては、

「マックスウェルかネスカフェ」

としか答えようがなかった。

しかし、彼女たちは嘲笑することなく、

「それはここには置いてございません」

やさしく対応してくれたのだ。

彼女は、学園祭からの帰りにデパートに連れて行ってくれた。そこで初めて世界のコーヒーの産地と銘柄を教えてくれたのである。

大学院修士課程三年（夜間大学院は三年）の在学中、吉野正敏教授（後の筑波大学名誉教授）が率いる文部省（現在の文部科学省）による旧ユーゴスラビア「ボラ」海外学術調査隊員に選ばれた。

選ばれた理由は明らかではないが、体力があって荷物運びに適していると思われたのかも知れない。彼女は選ばれたことに喜んで、その準備のための資金を奨学金で支援してくれた。

入院中は毎日そんなことを思い出し、早く元気になって妻に寄り添ってあげることが恩返しだと思っていたのである。辛いリハビリを頑張ることができたのは、そんな想いからだった。

しかし、妻の認知症の症状悪化によっては、これから数年、いやどれだけ一緒に暮らせるかは未定だが、一年、いや一日でも長く二人でいられることを願っている。

退院後の定期検診

退院後は、毎月一度の定期検診と三か月に一度の検査入院がある。したがって、毎月一度は血液検査をしなければならない。

血液検査は呼吸器内科、腎臓内科、および循環器で体調変化を確認するもので、一度に一〇本の採血がある。

アンカ関連血管炎で血管が細くなっていることもあり、何度も採血をやり直すことが多い。採血を二度失敗すると採血者が交代するシステムで、三人ぐらいが普通である。

これまで、心筋梗塞による心臓の血管バイパス手術を受け、血液サラサラ成分の薬剤を服用していることもあり、採血に失敗して内出血による痣が痛々しいのが苦痛である。

毎月の診察では、呼吸器内科でレントゲンの撮影結果から映像を比較して肺の影が悪化していないかの確認が行われる。

さらに腎臓内科ではクレアチニンや尿検査による糖尿病の数値の前月比、および循環器でも検査結果を時系列で病状の変遷を見るのである。

六月末に退院したのだが、退院の条件として三か月に一度の検査入院があり、九月上旬に最初の検査入院があった。

半年間も入院していたこともあり、七Ｎ（呼吸器科）病棟の看護師はほとんどが顔見知りであり、検査入院時には病棟や病室が懐かしく思えたから不思議である。

検査入院は、採血、採尿は当然のことながら、レントゲン、ＣＴの検査を経て三日間のリハビリが課せられている。六分間の歩行距離、握力、レッグプレス、さらに呼吸器検査で肺活量の検査と多彩である。

間質性肺炎は、薬剤で安定はしているものの完治する病気ではない。このため、検査入院では全ての病状の変化傾向を調べてわずかな変化も見逃さないための施策なのである。

間質性肺炎・肺線維症勉強会の開催

二〇二一年十一月の初旬、公立陶生病院の近藤康博副院長の懸案であった「間質性肺炎・肺線維症勉強会」の全国大会が開催された。

コロナ禍でもあり、当初の対面での集会はならなかったが、入院以前から示唆されていたこともあり、中部地区の患者会会長として自宅からＺｏｏｍで参加の呼びかけを行った。

間質性肺炎の勉強会開催通知

間質性肺炎・肺線維症勉強会開催通知。勉強会は二〇二一年十一月七日にリモートワークで行われた。参加者は呼吸器系の医師、看護士はもとより患者、およびその家族が中心であるが、中部地区では最初の勉強会である。

間質性肺炎・肺線維症の勉強会は、これまで関東や関西では定期的に行われてきたようであるが、中部地区での開催は今回が初めてである。

公立陶生病院の近藤副院長が中日新聞の取材に応じて全国版で紹介されたこともあり、中部地区の参加者は当初三〇名程度であったが、新聞報道後は九〇名以上に達したようである。

大会の前半では、国立病院機構近畿中央呼吸器センターの井上義一座長のもとに全国の呼吸器の専門医による病状解説があった。そこで間質性肺炎がいかに難病であるかを改めて知らされたのである

後半は、神奈川循環器呼吸器センターの小倉高志座長の議事進行による公立陶生病院の土井ひとみ看護士、渡邉文子理学療法士、および山崎博司管理栄養士が患者に対しての対処法の説明がなされた。

最後に、患者からの質問に公立陶生病院の主治医である山野部長が答える形

質疑に答える主治医の山野泰彦医師

になったが、多質問に対して的確な答えをしていただけでなく、初めてマスクを外した顔を拝顔したのだが、そのイケメンに驚いた。
主治医の公立陶生病院呼吸器内科山野泰彦内科部長。普段はマスクをしているためにわからなかったが、参加者の質問に答えるマスクを外した顔はイケメンで驚いた。身長も高くまるで俳優のようである。

間質性肺炎は、肺線維症や膠原病等の肺疾患の総称であり、全国で一万人の患者がいるようだ。
発症すると五年以上の生存率は三割に満たないという。自分自身は二〇〇五年に発症してから今日まで生き延びているから不思議である。

したがって、勉強会で中部支部患者会代表としての挨拶は、同じ患者として生き延びている事実を伝えることにしたのである。

肺癌による陽子線治療

生き延びてはいるものの、それだけでは終わらなかった。二〇二一年六月末に退院してから二回目にあたる一二月の検査入院で肺癌の影が右肺に見つかったのである。

最初は信じられなかったが、癌細胞の摘出検査やペットでも確認され、ステージ1ということであったが、少しずつ広がりを見せているようで認めざるを得なかった。

主治医から今後の治療方法についての説明があり、最初は癌の摘出手術を検討したようである。

しかし、心筋梗塞を患ってから血液サラサラ成分を服用しているため、肺や腎臓も障害があり、手術に伴って合併症が起こる危険性が高く、止血できなかった場合は再度肺胞出血になり、半年間の入院も無駄になるとのことであった。

そこで、放射線による治療が考えられるが、既に間質性肺炎を発症した時点で三分の一の肺が壊死しているため、残りの肺への影響が危惧されるとのことであった。

したがって、最新医療である陽子線治療を受けることを示唆された。しかし、健康保険適用外の高額医療費（約三百万円）の負担が重くのしかかってきた。

これまで、長期に渡って癌保険に入ってはいたのだが、最新医療に適用するものではなかったのである。放射線治療は保険適用であるが、陽子線治療は適用外であった。

一般の放射線治療はエックス線、ガンマ線、電子線であり、投与量が多くなると癌の周囲にもダメージが大きいのに対し、陽子線治療は電子よりも重い粒子をピンポイントで照射するものである。

高額な医療費のことを含め、医師と息子の三人で相談し、金銭的な事情が許

名古屋市立大学医学部付属西部医療センター

すなら陽子線治療を受けることを決断したのである。

しかし、治療が受けられる施設は愛知県に二か所しかなく、主治医からは名古屋市の公立大学医学部付属西部医療センターを勧められた。

治療にあたり、医療センターの看護師による事前説明では、治療費が前金であること、途中で中止しても返金はしないとのことで、金銭的な話ばかりに終始していた。

また、肝心の治療については担当医師から治る確率が五〇%程度であるとのことで、必ず治るというわけではないようだった。

さらに、ただの癌患者ではなく、身体障害者で治療時には歩行困難で車椅子にもかかわらず、医者からではなく看護師から入院は認めないと告げられた。

名古屋市立大学医学部付属西部陽子線治療センターは、建物が立体駐車場から独立しており、出入口がコロナ禍にあって閉鎖されていたために歩行がおぼつかない状況では車椅子以外では厳しいものであった。

病院側は、

「無理なら来るな」

弱いものをいじめるかのような対応であった。

さらに、保険会社からは、入院以外は保険の適用外であると告げられた。したがって、病院側と保険会社の蜜月の関係を疑わざるを得なかった。

これまで、三〇年以上、毎月高額な癌保険金を収めているにも拘らず、支払いの段階では多くの抜け道が用意され、一円の補助金も出ないのである。

退院してからこれまで公共交通機関に乗った事はなく、最寄りの駅まで車椅子で行くことは不可能だった。したがって、非現実的な状況で毎日の通院を余儀なくされたのである。

やむなく退院してからほとんど乗ったことのない車を運転し、名古屋市西部の陽子線治療センターに通院することを決断したのである。

自宅からは名古屋高速を利用したのだが、名古屋高速のインターの出入り口が反対側にあり、東京の首都高速に比較して危険極まりない構造になっている。他府県からのドライバーはさぞ驚いていることだろう。

治療時は、空腹であることが条件であるため、毎朝七時までに朝食を済ませ、八時半には自宅をでて九時半には到着しなければならない。

自宅のある知立から伊勢湾岸道、名古屋高速に乗り継いで約一時間の道程である。治療開始の前日は緊張で眠れなかったが、恐る恐る車を走らせた。

今にして思えば途中の合流、車線変更は至難の業であったが、何とかたどり着けたのは運がいいとしか言いようがない。

しかし、陽子線治療センターの駐車場は独立しているものではなく、附属病院との共用であった。駐車場は立体であったが、各階に障害者用の駐車スペースがほとんどなかった。

そこで、同じ名古屋市の施設でもあり、陽子線治療センターの目の前にある他の施設の身障者用駐車スペースが空いていたため、利用しようとしたのだが、施設関係者から厳しく叱責された。

陽子線治療センターの目の前にある施設

名古屋市立大学付属西部医療センターの目の前にある同じ名古屋市の施設ではあるが、ガラガラの身体障害者駐車場への利用はならなかった。

理由を説明したのだが、状況に関係なく違反金を徴収するという。同じ名古屋市の税金で成り立っている施設であるが、認めてもらうことはできなかった。

これまで、名古屋市の多くの委員会に参加してきたが、障害者や弱者にとって厳しい市政であることを再認識させられたのである。

一般駐車場から陽子線治療センターまでの道のりは厳しく、近道となる出入口はコロナ禍で塞がれ、屋外の舗道を二百メートル以上も杖を突きながら歩くことを余儀なくされた。

これまで、ほとんど歩いたことはなかったため、駐車場から陽子線治療センターまでに時間を要し、看護士から到着が遅いことを叱責されたのである。

看護師に非現実的なことを強要しているとの意識はないようであり、同じ公立病院である瀬戸市の公立陶生病院とは雲泥の差があることに愕然としたのである。

陽子線治療は延べ一〇日間で終了したが、肺癌は呼吸によって揺れ動くため、陽子線の放射中は呼吸をメトロノームに合わせて安定させなければならない。

しかし、照射している間の痛みは全くなく、ただジッとしているのである。放射時間は約二〇分間であるが、辛いものがあった。

すい臓癌の疑い

量子線治療は二月中旬に終わったが、体調への負担を考え、三回目の検査入院は四月からになった。検査結果は順調で、ＣＴ検査でも肺癌は消えていた。

これでようやく本格的にリハビリに取り組めると思っていたが、とんでもない事実を突きつけられた。複数の医師によるＣＴ検査の映像確認で、すい臓に影が認められたとのことだった。

すい臓癌は、初期症状での発見以外、生存率は八％前後である。したがって、

「いよいよ自分の番が来た」

と人生の終わりを予感せざるを得なかった。

現に、愛知県に赴任して以来お世話になっていた岡崎の修理工場の社長も数年前にすい臓癌で亡くなっている。

岡崎小島自動車修理工場

愛知教育大学に赴任し、助手（今の助教）の時代からお世話になっている修理工場である。現在は二人のご子息が後を継いでいる。奥様はお元気で息子も含めて家族ぐるみの付き合いである。

その時は肺癌が転移したと思えたため、これでは終わらないだろうと死を覚悟した。しかし、再度のエコー検査ですい臓癌ではないことが判明したのである。

ホッとはしたものの、すい臓癌の告知を受けたショックで腰を痛め、身体機能回復のためのリハビリができなくなった。

数日後、週に一度の訪問介護の理学療法士が腰痛対策としてのストレッチを施してくれた。その結果、ようやく立ち上がることができるようになったのである。

思えば車椅子で退院し、トイレも尿瓶を使っていた頃から一年近くになる。

わずかではあるが杖があれば歩けるようになったのは理学療法士のリハビリと励ましのお陰である。

若くて美しい理学療法士は、毎週脚の浮腫《むく》みや脚力を時系列で示し、目標を持って頑張れるよう示唆してくれた。心から感謝している。

今を生きる

杖を突けば歩けるようになり、本格的にリハビリを兼ねたトレーニングに励もうとしていた矢先、呼吸困難に陥って緊急搬送される羽目になった。

毎月一度の検診で公立陶生病院を訪れ、呼吸器科、腎臓内科、および循環器科の診察を受けて症状が安定しているとの診察結果に安堵し、病院の平面駐車場に向かった時だった。

駐車場が混雑し、身障者用の駐車場はもちろん、一般駐車場も満車で一番奥の離れた場所まで歩かなければならなかった。

その日は猛暑日で大気温度でさえ三十五度を超えていたが、杖を突きながら二百メートル以上も歩かなければならなかった。

猛暑日は、アスファルト面は五〇度以上である。大型マーケットや大型施設の駐車場は周囲の環境にも影響を及ぼすほどの輻射熱が発生する。

歩いている間に意識朦朧となり、駐車場に設置しているストッパーに足を取られて仰向けに転んだのである。幸い頭は打たなかったが、腰とわき腹を打ち付けた。

転んだ瞬間は痛みというよりは痺れていたような気がする。妻の助けを借りながら立ち上がることができたため、そのまま車を運転して帰宅したのである。呼吸困難に陥ったのは翌日の午後からである。肺が痛くて呼吸ができないのだ。我慢すれば回復すると思えたが、酸欠状態となって意識を失った。

妻が息子に連絡し、救急車を手配してくれた。救急隊員の手助けでも全く歩けず、袋なようなもので担ぎ出し、救急搬送してくれたのである。

救急隊のエリアの関係で近くの総合病院に搬送され、血液検査、レントゲン、およびＣＴ検査等をしたのだが、肺に水が溜まっている以外、検査結果は悪くなかった。

自宅に帰るよう医師から告げられたのだが、身体が全く動かない状態では車椅子も乗れない。救急治療室は次々とコロナ患者が運ばれてきて、カーテン一枚で仕切られている状況で、入院ができる病室はなかったようだった。

テレビの報道では、コロナ重症患者が入院できずに自宅待機となり、亡くなるケースが多いことは知らされていたが、これが現実なのだ。

やむなく息子が瀬戸の公立陶生病院に連絡し、救急車での搬送を依頼してくれた。安城から瀬戸の病院に到着したのは午前一時半である。

身体が全く動かないため、救急車の搬送用ベッドから病院側のベッドに移るだけでも至難の業で、四人の看護師が持ち上げてくれたのである。再度、男性看護師の重要性を認識させられた。

検査の結果、右肺に血がたまっており、肺胞出血で呼吸ができない状態であったらしい。医師から肺の血を抜く手術が必要とのことで、背中から注射器で血を抜いてくれた。抜いた血を見せてくれたのだが、かなりの量だった。

その結果、貧血気味となり、その後は朝と夜に約二時間半の輸血が行われた。当然、抗生物質も注入されたのだが、アンカ関連血管炎のため血管が細くて輸血用のパイプの埋め込みに何度も失敗した。

失敗するたびに鬱血《うっけつ》するため、右手はゼブラマークのシマウマのようになったが、呼吸は安定して退院の頃には肺の影も消えていた。ただ、約十日の入院でさらに脚力が弱まり、歩けなくなったのである。

我々の年代（七十代）では二週間の寝たきり状態で歩けなくなるようだ。まさに、それを実感した入院生活であった。

特発性間質性肺炎を発症してから十七年、紆余曲折の中で生き延びてきたが、生き続けることが同じ病状で苦しんでいる患者の生きる希望と支えになればとの想いから今を生きているのである。生きていることに感謝しながら……！。

（間質性肺炎／肺線維症患者会中部地区会長）

おわりに

ご多忙中にもかかわらず、専門的立場から査読していただいた公立陶生病院の主治医である山野泰彦呼吸器内科部長、並びに読者の立場で査読にご協力いただいた名古屋市環境局の高木麻理氏に深く感謝します。

また、出版にあたりご指導いただいた風媒社劉永昇編集長、および編集部の方々に御礼を申し上げます。

〔著者略歴〕
大和田道雄（おおわだ　みちお）
一九四四年生まれ　北海道出身。愛知教育大学名誉教授
筑波大学理学博士。一般社団法人「気候環境研究会」会長。
（専門）気候・気象学、大気環境学
【主な著書】『ＮＨＫ暮らしの気候学』日本放送出版協会、『名古屋の気候環境―暑さ寒さの原因を探る―』荘人社、『伊勢湾岸の大気環境』名古屋大学出版会、編著『都市環境の気候学―気候変動に伴う都市の高温化と名古屋の熱中症対策に向けて―』古今書院、共著『暑さで人の死ぬ時代―いま、名古屋があぶない―』風媒社、エッセイ『白夜・余命二か月　間質性肺炎との共生』風媒社、『アドリア海の風を追って―余命二か月の追想録』風媒社、『温故知新の家族学―長寿の母を看取るまで―』風媒社、『腎臓病―朝陽のあたる病室で―』風媒社　他多数

続・白夜　間質性肺炎との共生
―最新医療でつかんだ奇跡の生―

2023年2月10日　第1刷発行　（定価はカバーに表示してあります）

著　者　　大和田 道雄

発行者　　山口　章

発行所　名古屋市中区大須 1-16-29
振替 00880-5-5616 電話 052-218-7808　風媒社
http://www.fubaisha.com/

＊印刷・製本／モリモト印刷
乱丁本・落丁本はお取り替えいたします。
ISBN978-4-8331-5440-6